LA DÉRIVE

Grande Nature

Collection dirigée par
Michèle Gaudreau

LA DÉRIVE

NICOLE M.-BOISVERT

ÉDITIONS
MICHEL
QUINTIN

Données de catalogage avant publication (Canada)

Boisvert, Nicole M., 1941-

La dérive

(Grande nature ; 1)
Pour adolescents.

ISBN 2-89435-032-5

I. Jorisch, Stéphane, II. Titre. III. Collection.

PS8553.O467D47 1993   jC843'.54   C93-097329-1
PS9553.O467D47 1993
PZ23.B64Dé 1993

Illustration : Stéphane Jorisch

Maquette de collection et réalisation de la couverture :
Le groupe Flexidée

Photocomposition : Tecni-Chrome

ISBN 2-89435-032-5
Dépôt légal - Bibliothèque nationale du Québec, 1993

© Copyright 1993
Éditions Michel Quintin
C.P. 340, Waterloo (Québec) Canada J0E 2N0
Tél.: (514) 539-3774

2 3 4 5 6 7 8 9 0 HLN 9 8

Merci,
Hedley, Michel et Liz.

Chapitre 1

L'accident

Je m'appelle Annette.

En une seconde d'inattention, ma vie a basculé.

C'était la première poudrerie de l'hiver sur la route 20 entre Montréal et Québec. La Toyota filait comme un bolide. Soudain, une plaque de glace, un long dérapage, un tonneau, le pare-brise qui éclate. Puis, le long silence blanc d'un champ enneigé. La voiture s'est enfoncée, bloquant les portières.

J'étais vivante et pas lui. Mathieu, mon cher et unique Mathieu, ne respirait plus. J'avais froid, j'avais mal et j'étais seule. Mieux valait mourir aussi. Me laisser engourdir lentement par le vent glacial, laisser s'endormir ma douleur, et sombrer avec Mathieu dans le néant. Prisonnière de la neige, tout est devenu clair dans mon esprit : je ne voulais pas continuer de vivre sans lui.

Ma vie, c'était Mathieu. Il était mon présent et mon avenir. Il était moi, j'étais lui. À quoi bon poursuivre ? À 16 ans et demi, je le savais, ma vie était finie.

Je me suis évanouie.

Le lendemain, j'ouvre les yeux sur le blanc des draps amidonnés de l'hôpital. Des flocons de neige gorgés d'eau s'écrasent pesamment contre la vitre de la fenêtre. Je suis donc vivante, me dis-je en examinant ce corps que Mathieu aimait tant : des bleus partout, des coupures légères, une foulure.

Je m'en sors indemne, certes, mais le coeur en mille miettes. Pas un son ne sort de ma gorge, pas une larme ne coule sur mes joues blêmes.

Mes parents, au pied du lit, sont désemparés. Mon père ne dit que des phrases toutes faites. Ma mère s'inquiète.

Pauvre maman, pauvre Renée. Elle ne changera jamais. Elle s'est maquillée. Pas un pli dans son tailleur pour venir à l'hôpital. Pas une mèche de travers dans ses cheveux blond cendré. Elle est toujours en représentation, maman. Je ne les vois ensemble, ces divorcés, que dans des situations-catastrophes. Comme aujourd'hui.

— On est venu te chercher, Annette, me dit papa.

— Pour aller où ? Je n'ai envie d'aller nulle part. Je veux rester ici et... dormir. Longtemps, très longtemps.

— C'est impossible, répond ma mère. Le médecin a déjà signé ton congé. Tu es hors de danger. Tu as seulement besoin de repos et de calme. Viens, chérie, on va t'aider...

Je résiste, mais sans succès. Comme un bébé, ils me soulèvent, m'habillent et me soutiennent jusqu'à la sortie. Je m'abandonne, trop ébranlée pour réagir.

Tapie dans ma chambre, chez maman, je regarde défiler les jours tristes sans desserrer les dents. Je garde l'oeil sec, mon chagrin est trop grand. Ma mère s'affole, je le vois bien. Toute directrice des communications qu'elle soit, elle n'arrive pas à communiquer, à trouver la clé qui ouvrirait les vannes. Je n'y peux rien. Je suis fermée. Comme une banque un jour férié. Rien qui entre, rien qui sort.

Je passe mon temps à malaxer mon passé rempli de Mathieu. Il était tout pour moi : mon matin, mon souffle, ma joie. Avec lui, je riais, j'étudiais, je dansais. On se bagarrait aussi, comme des chiens fous, pour ensuite s'étrangler d'amour.

Je retrouve son odeur, son parfum encore enfermés dans son pullover bleu ciel que j'aimais tant, que j'aime toujours. Je plonge mon visage dans la laine, aussi douce que la paume de sa main. Je réussis presqu'à faire apparaître Mathieu devant moi. Il est là, à côté de moi, n'est-ce-pas ? Il ne peut pas m'avoir abandonnée ainsi. Ce n'est qu'un au revoir, j'en suis sûre.

Je l'aime tant et tant. Je l'aime plus que je ne m'aime.

Le temps s'étire lentement. Vingt-et-un jours déjà sans un appel de Mathieu, sans un mot doux. Jadis, il m'écrivait de longues lettres enflammées, poétiques.

J'avais juré de n'en jamais parler à personne. Elles m'arrivaient par télécopieur, par messager ou par la poste. Chaque fois, je les dévorais, fébrile, je les lisais et les relisais. Mon coeur bondissait à chaque phrase. Je cherchais les mots d'amour rassurants.

Pourquoi donc s'est-il tué aussi bêtement? Je ne comprends pas. Ce n'est pas juste. Il était trop jeune pour mourir. Et moi, je suis trop vide, trop fragile et trop seule pour poursuivre mon chemin. Pourquoi ne m'a-t-il pas amenée avec lui dans cet ailleurs qui me l'a arraché?

Ma blessure est trop profonde, jamais elle ne se cicatrisera. J'étouffe de souffrance.

Mes parents désespèrent un peu plus chaque jour. Je ne mange plus. J'ai terriblement maigri, mes pantalons glissent sur mes hanches. La douleur m'enveloppe. Devant moi, il n'y a qu'un grand trou noir.

Ma mère dit qu'Isabelle, ma meilleure amie, appelle tous les jours pour prendre de mes nouvelles. Mon père m'envoie des lys qui embaument l'air. Il m'a acheté une nouvelle raquette de tennis. Pourquoi faire, je me demande? J'ai du mal à lire, à me concentrer. Les images de la télé se brouillent. Je ne veux ni voir ni entendre personne.

L'école, je m'en fiche. Jamais je n'y remettrai les pieds. À quoi bon retourner en classe retrouver ces crétins qui rient pour rien, qui vont faire semblant que Mathieu n'a jamais existé et que la vie continue. De toute façon, mon trimestre est raté. Et puis, ça sert à quoi au juste, les diplômes ?

— Annette, Annette es-tu là ?

Je ne réponds pas. C'est mon père qui tape doucement à la porte de ma chambre. J'attrape Oréo, mon chat noir et blanc, gardien de tous mes secrets, et vite sous les couvertures.

— Annette, dit papa d'une voix incertaine, est-ce que je peux entrer ?

Bouche cousue. Je n'ai rien à dire.

La porte s'ouvre. Roger, mon père, est là. Mal à l'aise du haut de son mètre quatre-vingt, il s'avance dans la pièce, hésitant, comme s'il voulait être ailleurs.

— Comment ça va, ma fille ? Je te trouve un peu pâlotte... Ça te tenterait de venir marcher un petit quart d'heure ? Il fait beaucoup moins froid dehors...

— ...

– Allez, un petit coup de coeur. Renée te prête sa pelisse avec le capuchon.

– Non, p'pa, je préfère rester ici.

– Voyons, ma puce, qu'est-ce que tu es en train de devenir? Faut que tu fasses un effort. Faut réagir maintenant...

– Non, p'pa, je te l'ai dit...

– Viens, chouchoune, on va marcher et faire un petit bilan de tout ça...

– P'pa, arrête de me parler comme un comptable, je m'en fous de tes bilans.

– Mais Annette, si tu voulais, on pourrait planifier ton avenir ensemble... toi et moi, tranquillement...

– P'pa, j'suis pas un problème fiscal, d'accord? Laisse-moi. Tu ne comprends rien et t'as jamais rien compris. D'ailleurs, qu'est-ce que tu sais de l'amour, toi? L'aimes-tu, ma mère? Des fois, j'me dis que ça ferait ton affaire qu'elle disparaisse! Laisse-moi, p'pa. Je ne te demande rien, je ne veux rien. Va-t-en.

Il vacille, et devient blanc. Je l'ai blessé, je le sais. Tant mieux. Moi aussi je suis blessée.

L'instant d'après, je regrette d'avoir parlé si vite. C'est vrai qu'il a l'air démoli. Je n'en reviens pas. Tout le monde dit de

mon père qu'il est « performant » au
bureau. En fait, il est bon en tout: au golf,
en ski, au tennis. Il a son condo, son auto,
son boulot. Mais avec moi c'est un gros
zéro. Pourvu qu'il sorte de ma chambre...

Par la porte entrebâillée, je le surveille
maintenant dans la cuisine. Il a l'air
piteux, malheureux aussi.

– Je n'arrive pas à la toucher non
plus, dit ma mère. Annette s'est
verrouillé le coeur à double tour. Je
pensais que peut-être tu arriverais, toi, à
faire jaillir l'étincelle...

Mon père, visiblement nerveux, pige
une cigarette dans le paquet de ma mère.
Ça alors... lui qui n'a pas fumé depuis trois
ans! Il regarde intensément ma mère, en
silence. Je suis troublée.

Il insiste:

– As-tu pris rendez-vous pour Annette
chez le médecin?

– Oui, et j'aimerais bien que tu nous
accompagnes. J'ai parlé à Isabelle aussi.
Elle viendra voir Annette après ses cours.
Roger, la petite n'a pas versé une seule
larme depuis l'accident. Elle ne parle
quasiment pas. Toute la journée elle reste
allongée sur le lit à regarder ses photos et à

écouter les cassettes de musique de Mathieu. Elle s'endort tout habillée avec le jean et le pull bleu de Mathieu. Dis-moi quoi faire, Roger, je t'en supplie. Je suis au bout de mon rouleau...

Je me lève sur la pointe des pieds et ferme doucement la porte de ma chambre.

Les heures passent, toutes semblables et grises. Oréo ne veut même plus venir dans mes bras. Je dois sentir trop mauvais.

Le lendemain, quand la maison est vide, je me faufile dans la salle de bains pour une douche et un shampooing. En sortant, Isabelle est là, dans le couloir, comme par hasard.

– Allo, me dit-elle timidement.

– Salut Isabelle.

– J'avais tellement envie de te voir, Annette... Je suis tellement contente! Je m'ennuyais de toi, tu sais. On est tous inquiets à l'école.

Je fige, comme gelée. Elle m'enlace tendrement. Je suis bien contente moi aussi de voir Isabelle, mais je n'arrive pas à sortir de ma coquille. Heureusement, elle ne desserre pas son étreinte. On entre dans ma chambre.

Je me précipite sur Oréo. Son ronronnement me réjouit et meuble vaguement l'attente.

– Donne-moi ta brosse, chuchote Isabelle, je vais te démêler les cheveux.

Passive, je m'assois devant la coiffeuse et commence à lisser les longs poils d'Oréo qui fait patte de velours. Isabelle défait les noeuds de mes boucles brunes. Elle brosse longuement, mécaniquement, comme recueillie.

Le miroir me renvoie une image déconcertante de moi-même. Il y a si longtemps que je ne me suis vue du dehors.

– J'ai une sale mine, tu ne trouves pas?

Isabelle secoue la tête. Pourtant, elle voit bien les cheveux ternes, les yeux marron cernés, le teint sans éclat.

– Tu as maigri un peu, voilà tout. Tu parais plus grande, plus élancée... c'est plutôt bien, non?

– Je suis blanche comme une aspirine. J'ai l'air d'un mannequin sous-alimenté!

– T'en fais pas, Annette... Tes taches de rousseur te donnent quand même un air de santé...

– Et puis, je me fiche bien de quoi j'ai

l'air! Ça m'est complètement égal si tu veux savoir!

– Tu as de la peine, Annette, je le vois bien... C'est écrit sur ton visage... Tu es en petits morceaux... Comment je peux faire pour t'aider?

Isabelle pose délicatement la brosse et m'enveloppe les épaules encore chaudes et humides de ses bras chargés d'affection. Le temps s'arrête. Une onde de chaleur m'envahit. Je ferme les yeux. Des larmes brûlantes, grosses comme des billes, se fraient un chemin à travers mes longs cils. Les sanglots m'étouffent.

Isabelle, patiente, me laisse m'abîmer dans les larmes jusqu'à l'épuisement.

Recroquevillée sur le lit, je plonge finalement la main dans la poche de mon peignoir et tend à mon amie la dernière lettre de Mathieu, toute chiffonnée. Elle déchiffre les feuillets un à un. L'émotion la gagne aussi, son regard s'embue. Elle mesure la profondeur de l'amour qui nous unissait, Mathieu et moi.

– Tu vois bien que je suis morte, Isabelle. J'ai perdu mon autre moitié. La vie n'a plus de sens pour moi. Comprends-tu?

Des heures durant je ne parle que de lui. De ce qu'il était, de ce qu'il voulait, de ce que nous allions faire ensemble. Entre les murs pêche de ma chambre j'entends même résonner son rire moqueur.

– Je t'ai apporté des photos, dit Isabelle, celles du bal des finissants du secondaire. J'ai pensé que cela te ferait plaisir qu'on les regarde ensemble.

Mathieu est là, rieur, bouffon, en costume trois pièces et cravate devant la limousine blanche louée par la bande de copains pour la soirée. Je souris.

– Regarde-le, Isa, avec ses airs de propriétaire ! Et celle-là ! Sur la table à pique-nique à se déhancher avec toi sur un rock !

– Tiens, la piscine chez Geneviève et Nathalie ! Tu te souviens, le party s'est terminé à huit heures et demie du matin !

La dernière photo tremble dans mes mains. En gros plan, Mathieu et moi. Il m'embrasse sur la bouche. Mon coeur flanche à nouveau. Encore aujourd'hui, je me rappelle le goût de ce baiser.

– J'ai mal, Isabelle, j'ai trop mal. Je veux que cela s'arrête. Je n'en peux plus. Aide-moi, s'il te plaît... aide-moi.

Dehors, tout est blanc. Il neige à plein ciel. Les rares promeneurs ploient sous la tourmente. Le soleil ne reviendra donc jamais plus?

Isabelle me fixe intensément, de la crainte dans les yeux.

– Ça te ferait du bien de revenir à l'école, de revoir tout le monde. Veux-tu que je vienne te chercher demain matin? Juste pour une demi-journée.

– Non, Isa, je ne veux pas retourner au cégep. Jamais. Ne m'en parle plus, c'est décidé. Laisse-moi, maintenant, veux-tu. Je suis fatiguée.

Ma chambre a retrouvé son aspect feutré. Les rideaux à grands ramages verts absorbent les bruits de la rue. Tous mes souvenirs sont éparpillés sur le couvre-lit froissé. J'attrape un cintre à jupe et suspends le jean de Mathieu. Je mets son pull par-dessus, enroule son foulard autour du crochet et épingle sa casquette au foulard. Je suspends le cintre à la patère.

Me voit-il, Mathieu, en cet instant? Il me semble qu'il est là, tout près de moi. Si solide, si joyeux. Mon Mathieu qui dévorait la vie. Tiens, j'aimerais bien que ses parents me prêtent son chien.

Qu'il nous a fait rire, son Nono! Quand Mathieu lançait un bâton au loin, Nono partait en chasse, attrapait le bâton et le ramenait.

– C'est beau, mon Nono, disait Mathieu. Allez, encore! Va chercher le bâton!

Dès le deuxième lancer, Nono en avait assez de ce jeu idiot, et allait cacher le bâton. Mathieu croulait de rire.

– Pas si nono que ça, le Nono, disait-il.

C'étaient nos dimanches de fin de mois. Trop fauchés pour se payer le cinéma, on partait tous les trois courir sur le Mont-Royal. Mathieu prenait plaisir à attirer les écureuils. Pas farouches pour deux sous, ils s'approchaient, prompts à déguerpir au moindre geste brusque. Une fois rassurés, ils attrapaient de leurs pattes onglées les arachides au creux de la main tendue. Dès que Nono s'amenait, les écureuils fuyaient vers les cimes des érables à Giguère, sautant d'une branche à l'autre en exhibant leur ventre clair. Nono se rabattait alors sur la chasse aux ratons laveurs...

Ce beau temps est fini. Plus jamais il ne reviendra, mon Mathieu. Plus jamais il ne me prendra dans ses bras. Plus jamais je ne sentirai son regard bleu me caresser, sa main effleurer ma joue. Mathieu, je t'en supplie, viens me chercher... Tout de suite, maintenant...

Quand à minuit et demie je suis revenue dans le présent, mon père et ma mère discutaient encore.

– Il faut trouver une solution, Renée. Tous les problèmes ont une solution. Tu la ramènes chez le médecin et après, on part en ski tous les trois. Ça va la secouer.

– Tu ne comprends pas, Roger. Annette ne veut pas de nos solutions.

– Mais ça n'a aucun sens ! Il doit bien exister un moyen de la sortir de sa stupeur ! Qu'elle prenne des médicaments. Ton Dr. King pourrait bien lui prescrire des remontants, non ?

– Roger, Annette n'est pas une voiture. On ne peut pas l'amener au garage pour la faire réparer. Comprends-tu ?

– On est quand même ses parents !

– Elle n'en veut pas de ses parents en ce moment. Elle ne veut pas faire de ski. Je lui en ai parlé. Le grand air, elle s'en

balance. La montagne, ça l'étouffe.
D'ailleurs, elle ne veut plus voir de neige
de sa vie. Le blanc, la neige, le froid, tout
ça lui rappelle Mathieu.

– Qu'est-ce que tu suggères alors?

– J'ai une idée qui me trotte dans la
tête depuis quelque temps. Peut-être que
James et Louise pourraient la prendre
comme équipière... J'ai l'adresse de leur
poste restante au dos de la dernière lettre
de Louise.

– Tu enverrais ta fille sur un voilier?
Elle n'a aucune expérience, tu sais bien. Et
puis, c'est pas une vie pour elle! James est
tellement marginal...

– Justement. Ça la changerait de ses
parents qu'elle trouve trop conservateurs.
Je sais que Louise n'a jamais eu d'enfant,
j'y ai songé, mais ça plairait à Annette de
se faire traiter en adulte. Qu'en penses-tu?

– Ouais... c'est une idée... Mais c'est
tellement dangereux, la mer...

– Roger, la voiture aussi, c'est dangereux...

– Tu as raison, essayons de les
contacter. On verra bien.

Chapitre 2

Le voilier

L'aéroport de Mirabel est couvert de nuit encore noire. On décollera à la barre du jour. J'ai mon billet en main : Annette Dubé, siège 26 A, destination Barcelona, Vénézuela.

Isabelle, papa et maman m'ont accompagnée. Ils sont là-haut, derrière la vitre, à surveiller mon départ. Des centaines de voyageurs battent la semelle, souriants et heureux de partir. Moi, je ne suis que perplexe. Je pars sans trop savoir pour où, ni pourquoi.

C'est mon premier grand voyage en avion. Quelle sensation de se retrouver à 10 000 mètres d'altitude, de regarder les nuages d'en haut! On ne sent rien, on entend à peine le bruit des moteurs. Un oiseau de milliers de tonnes qui glisse dans l'air comme une plume! Dire que dans quelques heures seulement, il survolera la côte vénézuélienne!

Le voyant s'allume: « Attachez vos ceintures ». Le pilote amorce la descente et pose bientôt le gros ventre du 747 sur la piste d'atterrissage avec une extrême délicatesse. Tous les passagers applaudissent. Ils sont contents, eux.

Quand s'ouvre la porte de l'avion, une bouffée d'air chaud et humide me saute au visage. La lumière m'éblouit. Le ciel est si bleu! On le dirait plus haut et plus grand qu'au Canada. Le soleil est si blanc qu'il écrase tout. Comme c'est différent de la lumière bleue de l'hiver québécois! J'aperçois enfin mon premier palmier: échevelé, tout en hauteur et en minceur, penché comme un grand timide. Une légère brise lui balance les palmes.

Bonjour, Vénézuela.

James et Louise sont là. Curieux quand même. Ils vagabondent de par le monde depuis des années, mais ils sont toujours là au bon moment, semble-t-il. De vrais amis, disent mes parents. Des amis fidèles.

Il est facile à repérer, ce Britannique de James avec ses frisettes rebelles décolorées par le soleil et ses yeux bleus comme des morceaux d'Atlantique. Il n'a pas beaucoup changé depuis mon enfance. Toujours aussi svelte et souple. Quand il me fait claquer deux gros becs sonores sur les joues, je remarque pourtant que la mer a creusé ses rides près des yeux.

L'accueil de Louise est chaleureux. Elle a perdu son air de femme de ville affairée. Sa peau est basanée maintenant. Elle a vraiment l'air d'une fille du pays avec ses cheveux d'ébène lustrés qu'elle a laissés allonger. Elle est plus rieuse qu'avant, plus calme aussi, et plus mesurée, on dirait.

Je me sens bien tout à coup, heureuse de les retrouver, d'entrer dans leur halo.

– *Señora, señora ¿ taxi ?* demande un des nombreux chauffeurs à Louise.

– *Sí, sí, por favor*. Vous pouvez nous amener à Bahia de Buche ?

– Pas de problème, montez. Au fait, où est-ce, Buche ?

Une longue conversation en espagnol s'engage, ponctuée de rires. Dès la sortie

de l'aéroport, le chauffeur met une cassette
de musique du pays. *Salsa, merengue* s'en-
volent par les fenêtres ouvertes. Irré-
sistible. Mes hanches et mes épaules
remuent malgré moi.

Je me laisse séduire par la chaleur, par
la végétation bientôt luxuriante, les
couleurs vives, les montagnes. Tout est
différent. L'air et ses parfums, l'architec-
ture, même la façon de marcher des gens.
Je me laisse happer par l'Amérique du
Sud, sans résister.

On longe la mer, bleue et calme.
Quelques rouleaux s'écrasent mollement
sur la plage. Des voitures nous doublent,
toutes plus déglinguées les unes que les
autres. Après quelques heures de route, on
emprunte un chemin de terre qui
débouche devant une petite baie.

– Nous y sommes, déclare Louise.

Mes maigres bagages posés sur le quai
de bois, j'admire ce coin discret de la
province de Miranda, bien à l'abri des
hordes de touristes.

La baie s'ouvre sur le grand large.
D'un côté, une plage blonde bordée de
palétuviers et de quelques palmiers. De
l'autre, des maisons enfouies parmi les

hibiscus et les cactus disputent l'espace à quelques roulottes brinquebalantes. Quel dépaysement!

– Le site est envahi par les habitants de Caracas les week-ends. Mais la semaine, on partage la baie avec quelques pêcheurs seulement, explique Louise.

– Lequel des deux est votre voilier?

– Celui de gauche, au milieu de la baie: c'est un sloop. Il a été baptisé «Andiamo».

– Et l'autre voilier, d'où vient-il?

– De Puerto Rico. Tu vois, il bat pavillon américain.

– Allez prendre un verre, *girls*, pendant que je transporte les valises et les bidons d'eau douce au voilier, suggère James.

On s'installe donc confortablement, Louise et moi, sous le toit conique de la *churuata* transformée en bar. Cette grande habitation circulaire recouverte de palmes savamment tressées servait autrefois de lieu communautaire aux Indiens, m'apprend Louise.

Le barman m'apporte un immense verre de punch aux fruits frais. Je déguste à petites gorgées tandis que Louise avale d'un trait une bière glacée.

Profitant du tête-à-tête, Louise se fait grave. Je sens qu'elle va se mettre à jouer à la maman...

– Je veux que tu saches toute ma sympathie, Annette, dit-elle simplement et affectueusement. Ton père m'a raconté, ta mère aussi. Tu seras toujours libre de partir ou de rester à bord. Tu comprends ? Je te connais depuis ton premier jour, tu sais. Je me souviens parfaitement de toi à la pouponnière, avec tes longs cheveux noirs et tes yeux bridés. À l'époque, James et ton père travaillaient ensemble à Montréal pour la même compagnie d'assurances. Souvent je venais te garder. À quatre mois, tu es devenue complètement chauve. Tu étais tellement drôle... J'ai une pleine boîte de photos de cette époque sur le bateau...

Gênée par la confidence, je hausse les épaules et sirote mon punch sans regarder Louise, qui enchaîne :

– On va faire un petit bout de chemin ensemble, veux-tu ?... Mais avant de me répondre, promets-moi de faire au moins un passage, une petite traversée avec nous. Après, tu pourras retourner chez toi quand tu voudras. Tu promets ?

– Mm... bof... oui, si ça te fait plaisir... Tu sais, être ici ou ailleurs, pour moi, c'est pareil... Je n'ai envie de rien... je ne sais même pas pourquoi je suis venue. Mes parents m'ont... comment te dire... mes parents m'ont un peu coincée...

– C'est peut-être la mer qui va te «coincer», comme tu dis. Je te le souhaite d'ailleurs. La mer, c'est une enjôleuse, tu sais... Elle m'a bien eue, moi... Un jour, peut-être, je te raconterai.

Pendant un long moment, nous nous égarons dans nos pensées respectives. La douceur du temps s'insinue dans mon corps fatigué ; des parfums étranges se répandent dans l'air immobile. Le bourdonnement d'un colibri nous sort enfin de notre demi-rêverie. Je suis du regard le battement d'ailes foudroyant du petit oiseau, qui suce le précieux nectar d'une fleur à l'autre.

James vient nous chercher. Sur l'eau plate de la baie, le dinghy glisse sous la poussée des rames, voguant lentement vers le voilier. Ma main traîne dans l'eau chaude. On accoste délicatement le bateau et j'embarque gauchement, ne sachant pas où mettre les pieds ni à quoi m'agripper.

– Andiamo, je te... ou plutôt Annette, je te présente Andiamo, voilier fidèle, 12 ans d'âge, docile et têtu. *Definitely* le plus joli de la baie, dit James pompeusement.

– Enchantée, dis-je, jouant le jeu. Aïe, ça bouge...

– Eh oui ! dit Louise. On est sur un bateau !

– Je ne suis pas sûre d'avoir le pied marin et je vous préviens, je ne sais même pas faire un noeud coulant.

Un chien aboie tout près.

– C'est Moscou, le caniche de Raphaël, dit Louise. Regarde, il est sur le pont du « Brisas del Mar ». C'est le gardien du bateau.

– Ne l'écoute pas, Annette. Moscou est la douceur même. Il partirait avec n'importe qui contre une caresse. Il aboie après les mouches, les oiseaux, jamais après les gens. S'il effrayait les moustiques, je ferais un kidnapping de chien !

– T'es drôle, le Brit, fait Louise.

– Quel âge a-t-il ?

– Qui, le chien ou Raphaël ? dit Louise, moqueuse.

– Hum... les deux ?

– Raphaël doit avoir 18 ans, et le chien peut-être deux.

– Ah bon, dis-je, sans rien ajouter.

Petit à petit, je découvre le monocoque. Un seul grand mât, très haut, une roue, un pilote automatique et douze voiles planquées sous les couchettes avant. Une garde-robe bien mieux garnie que la mienne!

– C'était un bateau de course autrefois, me dit Louise. Nous l'avons reconverti en voilier de plaisance. Andiamo est très robuste et peut affronter les océans les plus méchants.

– Il y a tellement de cordages différents, je n'arriverai jamais à les reconnaître!

– Mais si, mais si, tu y arriveras. Regarde de plus près. Chaque drisse, chaque écoute a sa couleur. Avec un peu d'entraînement, tu pourras même les identifier dans la nuit la plus noire.

– Et comment on fait pour savoir laquelle des voiles hisser?

– L'expérience, ma vieille! Et la force du vent.

Je me promène de l'arrière à l'avant, de poupe en proue, tentant de deviner à quoi peuvent bien servir tous ces taquets et

machins-trucs. Le vent est presque inexis-
tant. Pas une ride ne plisse le grand miroir
de la mer. Une mer étale, dit James.

Tout à coup, l'eau frémit de toutes
parts ; de la surface surgissent des
bouillonnements argentés. Des centaines
de petits poissons ricochent sur l'eau.
Puis, le banc s'enfonce à nouveau sous
l'eau pour reparaître quelques mètres plus
loin. L'exercice se répète deux ou trois
fois, puis tout redevient parfaitement
calme. Comme si toute cette vie camouflée
n'existait pas.

L'air est doux et chaud. Il fait 30 °C en
cabine et tout autant dans le cockpit
ouvert à tous vents. J'ai congé de corvée
ce soir, m'ont dit James et Louise. Le
boulot commencera demain. Pour
l'instant, je savoure la chaleur sur ma
peau, le dandinement du bateau et les
grands morceaux de ciel qui me sont
offerts à perte de vue.

Plouc ! Je sursaute. Splash, plouc ! Du
regard, je cherche d'où vient ce vacarme
sur ma droite, puis sur ma gauche : plaf !
plouc ! Ce sont des oiseaux ! De grands
oiseaux qui se laissent littéralement
tomber dans l'eau.

– Qu'est-ce qu'ils font, James? T'as vu ça?

– Ce sont nos chers pélicans, *my dear*. C'est l'heure du souper. Leur petit manège va durer une bonne heure. Regarde les poissons tout ronds qu'ils ont dans le bec!

– Ah que c'est drôle... on dirait un accordéon qui se déplie quand ils avalent!

Sept autres pélicans arrivent à la queue leu leu comme un escadron bien entraîné. Ils rasent le flot sans y toucher, remontent vers les hauteurs, toujours en formation, pour ensuite s'éparpiller et piquer du nez près du bateau. L'un d'eux repose sur l'eau. Je peux l'examiner tout mon saoûl. C'est un grand oiseau gris brun avec un très long bec terminé par une sorte de gros ongle crochu. Ses plumes ébouriffées sur la tête lui donne un drôle d'air, mais quelle élégance quand il se remet à planer!

– Ils sont aussi bruyants que ça tous les soirs?

– Tous les soirs, ma chouette, à la même heure.

Le lendemain matin, je suis debout en même temps que le soleil et sans réveille-matin. Ma mère ne le croirait pas ! J'enfile mon maillot de bain et plonge dans cette eau extraordinairement chaude, plus calmante que rafraîchissante. C'est bon. C'est vraiment bon. Quelques brasses, un peu de crawl et hop sur le dos. Je flotte sans effort, je me laisse porter. Les yeux grands ouverts dans cet air transparent, je vois rosir le ciel et filer les aras, ces perroquets bleu et rouge qui se déplacent en couple en jacassant. Les nuages me dessinent le visage de Mathieu.

Pourquoi n'est-il donc pas avec moi en cet instant délicieux qu'on devrait partager ensemble ?

Je me rembrunis, le coeur à la dérive pendant de longues minutes, les yeux rouges de sel ou de larmes, je ne sais plus... Je remonte à bord et me cache sous l'auvent.

Louise, qui a l'oeil, me prend rapidement en charge. Elle m'initie sur-le-champ aux secrets du bateau, à ses coins, ses recoins et ses cachettes. Elle m'apprend le fonctionnement du moteur, la lecture du baromètre et l'art du noeud de chaise, apparemment le plus utile de tous les noeuds.

Elle n'a pas sitôt fini que James m'enseigne le langage des manoeuvres, me détaille les dizaines de cordages aux tailles et couleurs différentes, dont j'ai vite fait de confondre les fonctions.

Au milieu de l'après-midi, j'avoue à Louise que je n'en peux plus. J'ai mal partout à force de me pencher, de me relever, de monter et de descendre sans cesse les cinq marches qui mènent du carré au cockpit.

– Bon Annette, on s'arrête. Tout l'équipage dans le dinghy. La marée est basse, on va aller cueillir des huîtres... dans les arbres !

– Des huîtres dans les arbres... ben voyons... vous vous moquez de moi !

– Pas du tout, dit James à son tour. Les huîtres poussent dans les arbres, tu verras bien...

– Et je suppose que les vaches brunes donnent du lait au chocolat ?

– Viens, apporte ton couteau de marin et un seau. On va s'enfoncer dans les canaux.

On navigue en petit bateau gonflable entre les îlots formés par les bouquets de palétuviers. Ces arbres étranges, qui prennent racine dans la mer, se donnent parfois la main au-dessus des canaux, formant des arcades romantiques. Inquiétantes aussi. Tout est infiniment calme et vert dans ce labyrinthe aux airs de commencement du monde. On m'a bien dit pourtant qu'il n'y a pas de caïmans ou d'alligators ici. Mais le doute m'assaille. Au premier bruissement d'ailes, je sursaute : des ibis écarlates ont soudain pris leur envol. Toujours pas l'ombre d'une huître à l'horizon. Ces deux-là se paient ma tête, c'est sûr !

Louise a arrêté de ramer. James tend le bras vers une tige d'arbre et, d'un coup de couteau, arrache une huître. Pour en attraper d'autres, il faut débarquer. J'ai de l'eau jusqu'à la taille tandis que je tente de me frayer un passage entre ces branches et ces racines de palétuviers tricotées serré.

– Ouache... le fond est mou ! J'aurais dû mettre mes sandales de plage...

– Allez, un peu de nerf, matelot, me lance James qui me précède en détachant les huîtres.

– Qu'est-ce qu'il y a dans le fond ? Ça bouge, on dirait...

– Ah, tu as dû mettre le pied sur un crabe.

Je lève les yeux sur les bras de James. Ils sont couverts de petits crabes verdâtres. Il ne dit rien. Je me mets à hurler.

– Il y a un serpent dans l'eau ! Là, là ! Je veux remonter dans le dinghy, Louise, vite !

– Mais non, mais non. Regarde, ce qui t'a frôlée, c'est un poisson trompette. Ils ne sont pas méchants. Tu vas t'habituer. Il y en a toujours cinq ou six autour d'Andiamo. Ils sont tout à fait inoffensifs.

Mais je suis incapable de réprimer mon malaise. Tout est décidément un peu trop gluant à mon goût de citadine élevée dans le béton...

– Ça grouille de partout... Vous savez, je crois que je n'aime pas beaucoup ça, la cueillette des huîtres... On ne pourrait pas manger des huîtres fumées... en conserve, à la place ?

La ruse ne trompe pas James, qui se moque de moi sans vergogne. J'en prends pour mon grade !

De retour sur le bateau une longue heure plus tard, on se régale de plusieurs douzaines d'huîtres arrosées de jus de lime : fraîches, juteuses, tendres et goûteuses. Un vrai festin qui vaut cent fois les conserves. Ça m'apprendra !

Le jour tombe et le soleil avec lui. Le jaune et le rouge s'allument, les nuages prennent feu. Tout devient silhouette : les palmiers, les vautours, les araguaneys. Les Vénézuéliens ont regagné leur casa et Andiamo trône, seul, au milieu de la baie. Les pélicans se calment, les criquets s'agitent, tous les chiens du village se mettent à aboyer et les coqs à chanter ! La vie vit, je la sens partout.

Après le dîner, Louise ayant réussi à me faire manger des calmars et du plantain, chacun prend ses quartiers pour la nuit. Je m'installe sur la couchette étroite et un peu dure. J'entends ma mère d'ici.

– C'est excellent pour la colonne vertébrale !

Mon père, lui, serait ravi de me voir au lit si tôt...

Je mets une cassette dans mon walkman et les écouteurs à mes oreilles. Et puis non, j'éteins le poste. Je préfère m'envoler vers Mathieu. Être enfin seule avec lui, avec son amour, à écouter la mer chanter sa berceuse... Le gentil roulis me console. Je m'apaise.

Ma deuxième nuit en mer, déjà. Je sens le voilier tirer sur sa chaîne, l'ancre bien enfouie dans le sable de la mer des Caraïbes. Le hublot de la cabine laisse filtrer un rayon de lune. Ça fait tout drôle, un lit qui bouge. J'entends le clapotis, les vaguelettes qui heurtent doucement la coque, une poulie qui grince, des glouglous indéfinissables qui montent de la quille. Dans le lointain, le ronron d'un moteur. Je rêvasse un moment et, le coeur en veilleuse, je m'assoupis.

Chapitre 3

Baptême de mer

À mon réveil, le soleil est encore absent mais il asperge déjà un gros cumulus gris clair, qui bientôt devient doré. De grandes écharpes de mousseline traînent nonchalamment dans le ciel et la brume dans la vallée s'étire voluptueusement.

James et Louise sont déjà en route vers le village, sacs au dos et en bandoulière, pour faire provision de viande et légumes frais. Nous partirons ce soir pour l'île de la Blanquilla. Mon vrai baptême d'eau salée approche! J'ai ordre de tout ranger, de tout caler pour que rien ne bouge pendant le voyage. Tout à l'heure, la température atteindra 34 °C. Vite, laver le pont et faire briller les cuivres avant la grande chaleur. En même temps, surveiller la sauce à spaghetti qui mijote.

Mes tâches accomplies, j'enjambe les filières et me jette à l'eau, pieds les premiers, sans prendre la peine de retirer short et t-shirt dégoulinants. Je m'enfonce dans l'eau pour remonter aussitôt comme un bouchon.

Quelle merveille, cette eau des Caraïbes! C'est quand même mieux que de patauger dans la sloche de Montréal!

Les yeux grands ouverts, je plonge pour examiner le dessous de ma nouvelle maison flottante. La carène et la quille sont parsemées d'anatifes, ces crustacés qui se fixent à la coque des navires pour voyager gratuitement. Curieux, ce petit bateau. On dirait un iceberg: la partie cachée sous la ligne de flottaison est plus importante que la partie émergée.

Je m'ébroue comme un caneton autour d'Andiamo tout en me méfiant des changements de courant. Il n'y a pas de marée importante dans la baie, m'a dit Louise, mais comme je ne suis pas très bonne nageuse, autant être prudente.

À l'instant où je me dis qu'il est temps de retourner à mes ingrates tâches d'apprentie mousse, ma gaffe de débutante me saute aux yeux : je n'ai pas installé l'échelle de corde pour remonter à bord. « Quelle niaiseuse d'imbécile je suis ! J'ai l'air intelligent maintenant ! » Je tente par tous les moyens de me hisser à bord en m'accrochant où je peux. Peine perdue. C'est trop haut et, avec mes chétifs biceps, je n'y arrive pas. Comment faire ? La chaîne bien tendue de l'ancre semble présenter la seule solution.

Comme un singe à son cocotier, je grimpe peu à peu, quand les mains et les pieds se mettent à me brûler horriblement. Je m'aperçois que la chaîne est couverte de petits piquants rougeâtres. De véritables dards de feu s'enfoncent dans mes paumes et l'arche de mes pieds. Je lâche prise et retombe dans l'eau.

Pas âme qui vive dans les alentours. Les pêcheurs et le Brisas del Mar ont pris le large à l'aube. Je n'ai que deux recours possibles : nager jusqu'à la plage ou attendre de l'aide, des heures peut-être, en me tenant au gouvernail.

Le vent n'a pas changé de direction mais le bateau, si. Ce qui veut dire que le courant court vers la mer maintenant. La nage sera pénible. Que faire, que faire? Pas de James ni de Raphaël en vue. Pas d'espoir non plus du côté de la navette entre Buche et Caranero; le batelier ne travaille pas aujourd'hui. Je commence à avoir la peau toute ratatinée. Il faut me décider à lâcher mon point d'appui, oublier mes mains brûlantes, et me lancer vers la plage à la nage, sans m'affoler. Dire que j'ai refusé de suivre les cours de natation que papa m'offrait l'an dernier... Si j'avais su...

J'y vais, oui ou non? J'hésite... Bon, j'y vais. Sur la plage, la table à pique-nique me servira de repère.

Trois brasses, un peu de crawl maladroit, ensuite sur le dos, puis sur le côté. J'avance, mais le courant me déporte. Je continue quand même. Si je ne m'arrête pas, j'y arriverai. Je m'essouffle, c'est vrai, je respire n'importe comment, mais je progresse.

Ma trajectoire est encore modifiée par le courant. Les récifs approchent sur ma droite. « Ne panique pas, Annette, tu as encore de la marge. Vas-y, me dis-je. En cadence : un, deux, trois, quatre, régulièrement. » Tout à coup, je fige. Une toute petite méduse blanche se propulse par à-coups à mes côtés, grosse comme une boule de neige, avec tous ses tentacules qui s'agitent... Ouache... Je perds le contrôle, je bois une grande tasse et m'étouffe comme si j'avais avalé une arête de poisson. L'eau me râpe l'intérieur du nez. Je bats des mains, des pieds. La méduse disparaît. Bon débarras.

Puis je constate que j'ai encore dérivé. Le découragement me gagne. Les vagues cassent sur les récifs couverts de mousse blanche. Il faut tenir, dans vingt brasses je toucherai la terre ferme. Le compte commence. Courage. Huit, douze, vingt-deux, vingt-trois, vingt-quatre, ça y est, j'ai pied. Courbée par l'effort, je marche les derniers mètres et m'écroule à l'ombre d'un arbre, tremblant de tous mes membres. J'ai eu peur, vraiment peur.

Le sable fin me colle à la peau, le soleil me réchauffe. Andiamo, de loin, me pointe du nez. Je reprends mon souffle, lentement.

J'ai gagné ! Pendant un instant, je flotte sur un nuage de contentement. Un bref instant car l'angoisse refait surface. Pourvu que James et Louise reviennent avant la nuit. Sinon, comment pourrai-je, dans le noir, signaler ma présence?

Les heures coulent et le jour se ternit. Personne en vue. C'est la brunante déjà. Sur l'immensité de la mer, au large, se découpent enfin des petits triangles blancs : les voiles du Brisas del Mar. Le bateau vire... Il entre dans la baie... Je crie, je hurle. Raphaël et son père m'ont-ils vue? Ils mouillent l'ancre et mettent le dinghy à l'eau. Raphaël saute dedans et attrape les avirons. Il ne m'a pas vue, il semble se diriger vers l'autre côté de la baie... Il pivote vers ma plage... Mon sauveteur arrive! Jamais je n'ai gratifié quelqu'un d'un aussi large sourire.

Nous avons accosté Andiamo en même temps que James et Louise qui rentraient des courses. Un peu plus tard, réunis autour de la table pour partager le repas, ce fut ma fête! Encouragés par James, tous ont bien ri de ma gaffe. Même Moscou avait l'air de ricaner dans son poil frisé! C'est bien la dernière fois que je l'oublie, cette satanée échelle!

Raphaël fut exubérant et drôle. Tout au long de la soirée. Un tantinet macho. Il rêve de pétrole dans ce pays riche où, dit-il, il y a trop de pauvres. Je le trouve plutôt sympa. Il est beau aussi, Raphaël, avec sa peau cuivrée et ses yeux de braise.

– Tiens, me dit-il, as-tu déjà vu des hippocampes?

– Non... pas vraiment. Ils sont vivants?

Raphaël me tend un gros pot en verre contenant trois chevaux de mer.

– D'où viennent-ils?

– De l'autre côté de la baie. Regarde-les avec leur tête de cheval. Tu ne trouves pas qu'ils ressemblent à des pièces de jeu d'échecs?

– T'as vu? dit James. Leur museau s'ouvre et se ferme comme un clapet. Les hippocampes nagent verticalement, figure-toi.

Dans le bocal, les étranges petits êtres de dix centimètres de haut enroulent leur queue autour d'un bâtonnet planté dans du sable.

– Ce sont les mâles qui portent les bébés hippocampes, ajoute Raphaël de son petit air supérieur. Mais ils ne font pas tout le travail...

– Tu veux dire qu'ils ont besoin des femmes eux aussi !

– *Sí, sí, capitan*, répond Raphaël en rigolant. La femelle pond ses oeufs dans la poche incubatrice du mâle et c'est là qu'ils éclosent.

– Ce serait chouette d'en voir éclore un jour, non ?

La petite soirée improvisée se termine tôt. On se fait des adieux et des au revoir. Si le vent le permet, Andiamo appareillera dès cette nuit vers la Blanquilla. Reverrons-nous jamais Raphaël et son père ? *God knows*, dirait James.

Ce soir-là, mes rêves sont peuplés d'hippocampes géants, de jungle enchevêtrée et de singes hurleurs. Les moustiques silencieux, attirés par ma peau rose et nordique, s'infiltrent par les hublots ouverts et me réveillent périodiquement. Quand, sous le coup de minuit, retentit le « tout le monde debout ! » du skipper, je grogne.

– On ne pourrait pas dormir jusqu'à sept heures du matin comme tout le monde ?

– On lève l'ancre, moussaillon, dit
James. Allez, hop, viens donner un coup
de main.

– Ça ne serait pas plus facile de jour,
non ? On ne voit rien à cette heure-ci.
Quelle drôle d'idée de partir en pleine nuit!

– Si tu n'allumes pas de lampe, tu
verras des tas de choses la nuit, promet
Louise. Ton oeil s'habituera.

Une lune quasi pleine et une mer calme
m'accueillent sur le pont.

– Regarde-moi cette belle petite brise
qui souffle dans la bonne direction, me fait
remarquer James. Un temps idéal pour ta
première traversée...

Il ne me convainc pas du tout.
D'abord je ne la vois pas, cette brise, et je
n'arrive pas à détecter dans quelle direction elle souffle. Et puis, je suis saisie de
crainte. Si j'ai le mal de mer, hein ? Tout à
coup, je ne suis plus sûre d'avoir bien fait
de quitter Montréal. Dans ma chambre,
chez moi, à ne rien faire, ne rien dire, ne
rien penser, il me semble que j'étais
beaucoup mieux.

Toutes les voiles sont hissées et pen-
douillent. L'ancre lâche le fond, le bateau
bouge, les ordres du capitaine fusent. Les

voiles se gonflent. Louise dirige le voilier vers l'étroite passe entre les récifs. Andiamo glisse tout seul. C'est merveilleux. Pas un bruit de moteur, rien que le chuintement de la vague à l'étrave. L'air est infiniment doux et le ciel piqué d'étoiles. On fonce vers le large. C'est enivrant.

Derrière le bateau, la silhouette de la côte s'estompe rapidement. Les lumières de Buche, de Caranero et d'Higuerote faiblissent. Devant, on ne voit qu'une grande immensité noire égayée d'un long trait argenté de lune. La houle grossit. Un rythme régulier s'installe à bord. Tout a l'air si simple et facile. Le vent fait tout le travail et l'esquif obéit docilement.

Deux heures déjà qu'on file sans problème.

Louise m'offre de prendre la barre. Hésitante un moment, j'accepte... Les voiles se dégonflent et faseyent. Le bateau zigzague un peu.

– Qu'est-ce que je dois faire?

– Suivre le vent, répond simplement Louise, comme si c'était évident! Regarde la girouette là-haut ou les rubans cousus aux voiles, ou encore le drapeau derrière toi. Ça t'indiquera la direction du vent.

Le voilier reprend calmement sa route.

– Voilà, dit Louise, t'as tout compris...

La main crispée à la barre, je surveille le compas et vérifie le mouvement du vent. La concentration vide mon esprit ; je n'arrive même pas à parler. Au loin, quelques lumières dansent à l'horizon, dont un feu rouge.

– C'est un cargo, dit James. Il transporte probablement du pétrole.

– Est-ce qu'on risque de le croiser et d'avoir un accident ?

– Non, répond calmement le skipper. Pas dans cet axe. Je t'expliquerai comment reconnaître les routes à collision. Ce cargo doit filer à 15 noeuds et nous à 5. Dans un quart d'heure, on ne le verra plus. Mais surveille-le constamment quand même.

– Chocolat chaud, thé, café ? offre gentiment Louise.

Je saute sur l'occasion pour refiler la roue à James. Après une demi-heure d'attention soutenue, je suis crevée. J'avale mon chocolat à petites gorgées pour faire durer le plaisir.

La lune se brouille. Petit à petit, le ciel se couvre de nuages. Il fait maintenant noir à ne pas apercevoir ma propre main devant mon nez. Seule la mer scintille étrangement. Une vague claque sur le côté du bateau et des bouquets de lumière montent dans l'air. On dirait des lucioles échappées de l'océan. Au loin, les crêtes des vagues s'illuminent de milliers de bougies. Des traits blancs strient la surface de l'eau, s'évanouissent puis reparaissent.

Louise profite de la gîte du bateau pour rincer la cafetière directement dans la mer. Le contenant plein d'eau s'éclaire comme par magie de mille petits points de lumière. Je suis fascinée. Dans le sillage du bateau traîne une longue queue étincelante. Je n'ai jamais vu ça.

– Pourquoi la mer brille-t-elle ici et pas ailleurs?

En guise de réponse, une vague baladeuse s'écrase sur le bord du cockpit. Des dizaines de petites étoiles s'allument quelques secondes.

– C'est la phosphorescence, répond Louise. Après toutes ces années en mer, elle m'émerveille encore.

– La phosphorescence? Cela a à voir avec le plancton, non?

– Tout à fait, confirme Louise. Le plancton est formé d'êtres vivants minuscules qui flottent passivement dans l'eau. Quand on brasse l'eau, leur clarté est activée.

Incapable de résister, je remue l'eau avec un aviron. Pendant un moment, la mer brille de petites touches jaunes teintées de vert.

– C'est curieux, n'est-ce pas? enchaîne Louise. Le plancton s'illumine sans aucune source de lumière ou émission de chaleur. Quand tu allumes une ampoule, elle devient toute chaude. Le soleil est chaud aussi, comme tu sais. Mais quand on agite le plancton, il produit une lumière froide. Regarde les voiles, elles en sont pleines. Les savants nous disent que dans les abysses, c'est-à-dire dans les très grandes profondeurs de l'océan, on trouve des poissons qui produisent leur propre lumière et des céphalopodes munis d'organes luminescents.

– Wow!... c'est vraiment cool! Attends que j'écrive ça à Isabelle...

James n'écoute pas. Perdu dans ses pensées, il monologue comme pour lui-même.

– En fait, on n'est jamais seul en mer, murmure-t-il.

Il marmonne. Je tends l'oreille.

– Même quand on navigue en solitaire, on a toujours de la compagnie : les oiseaux, les poissons qui jaillissent de l'eau pour dire bonjour, les petites lueurs phosphorescentes qui nous suivent pendant des heures. Même les satellites dans le ciel nous font des clins d'oeil. La solitude *is full of friends in a way*...

Sa dernière phrase me pince le coeur. Je ne supporte pas, moi, la solitude.

Ça ne se peut pas, Mathieu, que tu sois parti pour toujours... Sans prévenir. Je ne veux pas être seule, moi. Oh Mathieu, pourquoi, pourquoi ?

Je rentre en cabine portée par un vague à l'âme indéfinissable. Louise lit déjà, paisiblement. Elle est calme et confiante en son bateau, en son capitaine. Je l'envie, tiens. Comment fait-elle pour s'abandonner ainsi à la mer ? Même quand elle brosse le pont à genoux, elle a l'air heureux, de bonne humeur. Pourquoi a-t-elle choisi ce genre de vie ? Maman me disait qu'elle était dentiste autrefois. Maintenant elle gagne sa vie en faisant des petits bijoux d'argent...

Tout habillée, je m'allonge sur la couchette de veille près de l'écoutille pour tenter de mettre de l'ordre dans mes émotions. James hurle sur le pont. Sa mauvaise humeur, feinte, je l'ai deviné, finit par me faire sourire.

– *Come on*, saleté de vent, paresseux, feignant, salaud... T'es en chômage ou quoi? Allez, lève-toi! vocifère-t-il.

En français, en anglais, en joual, en argot, trois mots d'espagnol par-ci, deux mots de créole par-là, James n'arrête pas de rouspéter. Il râle contre la terre entière mais pas contre le bateau! Finalement à court d'injures et à court de vent, il abat toutes les voiles et prend son mal en patience.

Le temps passe. Le bateau sans voile roule comme un fou. J'ai le coeur qui chavire aussi. Je me sens devenir un peu verte. Serait-ce le mal de mer? Je sors prendre l'air et essaie péniblement d'engager la conversation avec James.

– Qu'est-ce qu'on fait quand il n'y a pas de vent?

– Rien, répond James.

– Comment, rien? Pourquoi ne te sers-tu pas du moteur?

– Parce qu'il faut le ménager. Les petits bateaux comme Andiamo transportent

très peu de fuel. Dans les longues traver-
sées, il faut l'économiser pour les
urgences, tu comprends?

– On va rester ici combien de temps à
se faire balancer?

– Le temps qu'il faut. Une heure. Trois
jours peut-être...

– Trois jours? C'est pas vrai... t'es pas
sérieux?

– *Oh yes*. Trois jours et trois nuits. Peut-
être plus...

– Et qu'est-ce qu'on va faire pendant ce
temps-là?

– On va vivre, tiens. Manger, boire,
pisser, pêcher, lire et attendre que le vent
se remette à souffler...

– C'est un peu ennuyant, non?

– Pas vraiment, tu verras. Il se passe
toujours quelque chose en mer. Je te jure,
on ne s'ennuie jamais. De toute façon,
mieux vaut que tu te résignes. Personne au
monde n'a encore réussi à arrêter le vent
ou à le faire lever... Si, j'oubliais, il y a une
méthode qui nous vient de la nuit des
temps, mais elle porte malheur.

– Ah oui, laquelle?

– Tu te mets à siffler... ça fait venir le
vent, dit James, très pince-sans-rire.

– C'est une de vos superstitions de marin, je suppose?

– C'est plus qu'une superstition, je crois. Autant ne pas siffler, on ne sait jamais... Il pourrait venir trop de vent! Tiens, garde le bateau. Je vais aller me reposer un peu. Tu m'appelles dès que tu sens la moindre brise. Et n'oublie pas de regarder derrière et sur les côtés. Les navires n'arrivent pas tous par devant...

Me voilà seule au milieu du noir et du néant. Je ne me sens pas très sûre de moi. Même que j'ai le coeur au bord des lèvres. Je surveille le compas. Il oscille de zéro à 360 degrés. Le bateau tourne sur lui-même, impossible de le gouverner. La mer respire et la houle nous soulève régulièrement. La lampe tricolore, blanc, rouge et vert, luit tout en haut du mât. Les souvenirs remontent par rafales.

La première fois que j'ai vu Mathieu, c'était à la fête d'anniversaire d'Isabelle. Il était accompagné d'une fille qui dansait divinement. J'avais envie de lui donner un croc-en-jambe, à cette fille. Mais j'avais encore plus envie de l'attirer, lui, Mathieu. Je m'en souviens encore. Jouant tantôt l'indépendante, tantôt l'intéressée, j'ai

appris petit à petit qu'il aimait le ski, qu'il
ne sortait avec «l'autre» que depuis trois
mois, qu'il vouait une admiration sans
borne à son père, qu'il venait de trouver
un emploi d'été dans un grand magasin...
Le jour même de notre rencontre, j'avais
déniché du travail chez un marchand de
matériel d'artiste du même quartier. Mine
de rien, j'ai fait ma petite enquête.

— T'as combien de temps pour
déjeuner le midi?

— Une petite heure. Mais j'apporte mon
lunch. Quand il fait beau, je m'installe sur
un banc de parc.

— Moi aussi j'apporte mon lunch, dis-je
en mentant pieusement. On pourrait peut-
être manger ensemble... demain?

C'est comme ça que tout a commencé.
On s'est vus ou parlé tous les jours
jusqu'à ce que j'aie cette stupide idée du
voyage à Québec dans la Toyota de
Mathieu. Des fois, je me dis que tout est
de ma faute...

Au premier contact, au premier baiser,
je me suis sentie fondre et, en même
temps, toute fortifiée. J'ai su tout de suite
que Mathieu était l'homme de ma vie, de
toute ma vie.

Mathieu m'habitait, il me transformait. J'étais devenue gaie comme un pinson. J'aimais et j'étais aimée. La vie était tellement douce et agréable. Son amour colorait tout. Notre première nuit blanche fut longue, longue à s'étirer jusqu'au lever du soleil. La fatigue ne nous atteignait même pas. J'en frémis encore rien que d'y penser. Cent fois, j'ai revécu cette nuit. Jamais je ne l'oublierai.

Subitement ramenée dans le présent, je scrute l'horizon. En fait, je ne discerne même pas où commence le ciel et où finit la mer. Du noir compact partout. L'eau moirée frissonne ici et là. J'entends des plocs et des ploufs autour du bateau. Tiens, quelque chose, plusieurs choses sortent de l'eau. Je perçois des souffles et d'autres bruits inusités. Ça bouge. Ça saute.

Des visiteurs de nuit! Un troupeau entier de dauphins entoure le bateau. Grâce à la phosphorescence, je les suis à la trace. Le spectacle est féerique. D'arabesques en sauts spectaculaires, les dauphins m'offrent un ballet aquatique digne des Olympiques. Tout auréolés de lumière, ils s'enfoncent dans l'eau. Ces danseurs-plongeurs refont surface, montrant leur sombre aileron dorsal. D'un habile coup de queue plate, ils tournent sur eux-mêmes comme pour exhiber leur ventre blanc. On jurerait qu'ils sourient. Un véritable enchantement! Louise vient se poster à côté de moi.

– Les dauphins sont là, dit-elle immédiatement.

– Comment le sais-tu?

– J'ai entendu leurs petits cris à travers la coque. Ils passent leur temps à jaser et à pipeletter, les dauphins.

– Qu'est-ce qu'il se racontent?

– Plein de choses dont on ne sait rien. Apparemment, ils ont une sorte de langage, mais on est loin de l'avoir décodé. Ils communiquent entre eux, c'est sûr. Mais comment au juste? Va savoir!

– Mathieu me disait que les sons émis par les dauphins leur servent de radar pour localiser les objets ou les autres animaux marins.

– C'est sûrement vrai. Certains spécialistes prétendent qu'ils ont un vocabulaire aussi riche que le nôtre. Encore faudrait-il en avoir la clé... C'est un peu comme les hiéroglyphes des Égyptiens : on les connaît, mais on n'arrive pas à bien les déchiffrer. J'ai même lu quelque part que des dauphins en captivité arrivent à répéter un ou deux mots - en anglais en plus ! Ils répètent comme des perroquets nos sons à nous. Va dans le carré, à bâbord, tu trouveras une cassette avec la « musique » des dauphins et des baleines.

Je remonte avec mon walkman.

– Ce ne sont pas des mots, dis-je, enfin pas des mots qu'on comprend.

– En fait, ce sont plutôt des modulations, explique Louise. J'ai écouté la cassette à plusieurs reprises. Je n'y connais rien, remarque, mais les sons me semblent très, très variés. Tu ne trouves pas ?

Cernés d'un halo lumineux de phosphorescence, les dauphins continuent de pirouetter et de sauter autour d'Andiamo. Ils semblent infatigables. Ils ont l'air de s'amuser comme des clowns.

– Parfois, ils nous accompagnent pendant des heures, me confie Louise. Ils nous suivent, nous devancent, sautent à l'étrave et coursent avec le bateau. J'adore les dauphins. Toutes les fois qu'ils nous encerclent, je me dis que rien de mauvais ne peut nous arriver.

Elle éclate de rire en m'assurant qu'elle n'est pas du tout superstitieuse !

– Comme j'aimerais nager comme eux, dis-je, ébahie par leurs prouesses. Ils ne font même pas de vagues en fendant l'eau.

– Tu as raison, ils nagent sans faire de remous. De véritables petites merveilles de la nature ! Regarde-les plonger, faire surface, replonger. Pas la moindre trace sur l'eau. Comment est-ce possible ?

Comme des enfants éblouis, nous voilà toutes deux à plat ventre sur le pont, penchées vers la mer à nous gaver du spectacle.

– C'est quasiment mieux que la télé, dis-je en riant.

Tout à coup, sans prévenir, les dauphins se sauvent et zooment vers le large à 25 ou 30 km à l'heure. C'est plus du double de la vitesse du petit voilier à son meilleur...

Tout ça me laisse bien songeuse. Où sont-ils donc partis, les dauphins ? L'un d'eux a-t-il averti les autres d'un danger ? De quel danger ? Comment fonctionne leur « service de renseignements » ? Tout est redevenu calme et noir. Pas une seule brisette dans l'air et mes nombreuses questions demeurent sans réponse.

– Tu peux aller te recoucher si tu veux, Louise. Je continuerai à faire le guet.

– Ce n'est pas de refus. Bonne veille alors...

Je commence à prendre goût, finalement, à cette solitude habitée. Je peux rêver et, en fait, je ne serai pas seule bien longtemps. Les dauphins reviennent. Je l'espérais un peu. Dans un bouillonnement d'étoiles, ils reparaissent. Je les vois prendre une bouffée d'air frais par leur évent. J'entends leur souffle. La fête dure encore un long moment. Qu'ils ont l'air sociables, intelligents! Hier, James racontait qu'il y avait autrefois en Nouvelle-Zélande un dauphin que tous les marins connaissaient. Ils l'ont baptisé Pelorus Jack. Pendant 20 ans, Pelorus a «piloté» les navires un à un pour les aider à entrer au port. Je ne sais pas si c'est vrai, mais c'est une bien belle histoire.

L'enchantement est rompu par une horrible sensation dans mon estomac: le mal de mer. Je ne souhaite qu'une chose: que le bateau arrête de bouger, de rouler, de tanguer.

– James, James...

– *Yes*, Annette, répond le capitaine de sa cabine. Le vent est revenu ?

– Non, James, mais...

Et me voilà la tête par-dessus la rambarde. J'ai l'impression que tout ce que j'ai mangé depuis une semaine passe par-dessus bord. Je me sens faiblir. James arrive.

– Ahh... que je me sens mal, c'est épouvantable...

– Va t'allonger tout de suite, tu te sentiras mieux. Demain tu te porteras comme un charme, tu verras. Tu ne t'en souviendras même plus.

– Ah oui ? dis-je, pas du tout convaincue.

– Si cela peut te consoler, ça fait 25 ans que je navigue et il m'arrive encore d'avoir le mal de mer. Je connais quantité de marins d'expérience qui sont malades deux ou trois jours chaque fois qu'ils prennent le large... et ils partent quand même...

– Ah oui ?

En cet instant, je ne suis pas du tout intéressée par les histoires des autres.

J'attrape mon oreiller comme un naufragé attrape sa bouée. Ah ! dormir,

dormir, ne plus avoir mal au coeur, à la tête, dormir pendant mille ans. Je sombre vite dans un sommeil lourd et agité.

Au réveil, tard dans la journée du lendemain, je sens le bateau voguer à grande allure en parfaite harmonie avec la mer. J'entends l'eau glisser voluptueusement sur la coque luisante. La mer étincelle sous le soleil. La journée s'annonce magnifique.

– J'ai faim, Louise...

– Eh bien, eh bien! Voilà la meilleure nouvelle de la journée, dit-elle. Notre équipière s'amarine. Je vais te préparer un gros bol de gruau bien chaud et bien sucré. Rien de tel pour cimenter un estomac novice.

– Du gruau? Pouah... Je préférerais une pizza...

– Une pizza, voyez-vous ça! Je t'en cuisinerai une dans un jour ou deux. La pizza *especiale* à la pieuvre, tu en raffoleras!

Louise éclate de rire devant ma moue.

– Et si tu as encore faim, je te servirai une bonne ration de riz un peu collant pour finir de te bétonner... Ça marche à tous coups, je te jure!

Chapitre 4

L'île déserte

Au livre de bord, j'inscris la pression barométrique à 1018, l'humidité à 51°, le thermomètre à 31 °C. J'ai une bonne pensée pour Isabelle et les copines de classe qui attendent l'autobus en ce moment à moins 30. Je n'ai pas encore écrit à Isabelle. De toute façon, je ne pourrais pas poster ma lettre. J'ai vu Louise écrire un mot à mes parents avant de quitter le continent. Elle a dû amplement parler de moi. Ils doivent tout savoir.

Promis, promis, Isabelle, je t'écrirai plus tard...

En chemise à manches longues, le chapeau de paille attaché avec une ficelle,

je m'initie aux agrès de pêche: hameçons,
poids, plumes, calmars de plastique rose et
blanc. Deux lignes sont déjà à la traîne
derrière Andiamo. De temps à autre, un
moulinet se dévide; j'attrape vivement la
canne, j'enroule à toute vitesse. Fausse
alerte. L'hameçon remonte avec un paquet
d'algues ou... ne remonte pas du tout. Je
n'ai pas de chance, semble-t-il. James et
Louise ont pêché toute la journée en vain
eux aussi. L'heure du dîner approche et
l'on devra peut-être se contenter de boeuf
salé ou de sardines en boîte.

Entre-temps, j'assiste à mon premier
coucher de soleil en mer. C'est un spectacle
extraordinaire. Tout l'ouest devient
mordoré, orangé, pendant que la grosse
boule de feu plonge très vite dans la mer.
Un dernier trait de rouge marque le ciel, les
couleurs s'effacent une à une, les premières
étoiles s'allument. J'en reste bouche bée.
Faut dire qu'en ville je garde plus souvent
les yeux rivés sur le trottoir que sur le ciel...

Soudain, l'un des moulinets se met à
tourner comme une toupie, la canne se
courbe, le fil de nylon se raidit. C'est
sûrement un poisson, cette fois. Louise
vient rembobiner la ligne.

– On en tient un, on en tient un, et un gros, s'écrie-t-elle. Aidez-moi, bon sang!

– Où est l'épuisette?

– Dans le cagibi avec les rames et les palmes, me répond James.

Je reviens en poupe en troisième vitesse. Louise donne du mou. Notre dîner pend au bout de la ligne, il ne faut surtout pas le perdre. Doucement, elle attire sa prise vers le bateau.

– Pourvu que le fil de nylon tienne le coup, dis-je.

– Viens-t'en, mon gros, viens voir qui est à l'autre bout de la ligne, chuchote Louise.

– Je le vois, je le vois! Où veux-tu que je me mette avec l'épuisette?

– À tribord! T'es prête?

– Ça y est, ça y est... je l'ai!

L'épuisette à bout de bras, je dépose la bête sautillante au pied de la roue dans le cockpit.

– Wow! Il doit bien peser dix kilos! Qu'est-ce que c'est?

– Un superbe barracuda. Un mets de roi, je ne te dis que ça.

Louise l'assomme avec un gourdin. Immédiatement, James s'attaque au dépeçage. La tête et la queue vont dans la marmite pour la soupe de demain. Suivent quelques steaks. La grosse arête délicatement enlevée, Louise se met en frais de préparer la *ceviche* avec du jus de citron et des petits piments rouges redoutablement forts. De son côté, James fricote déjà un pâté de poisson pour les réserves.

Mon admiration croît à chaque minute.

– C'est une vraie usine ici ! Mais comment vous faites pour reconnaître les poissons comestibles ?

– Oh, on ne sait pas toujours, répond James. Toutes les mers et toutes les profondeurs ont leurs espèces. Il nous est souvent arrivé de rejeter un poisson à la mer. Dans le doute, on préfère manger des spaghettis...

– Il doit exister près d'une vingtaine d'espèces de barracudas, par exemple, explique Louise. Avant de devenir expert, il faut des années. Certains peuvent atteindre jusqu'à deux mètres de longueur, tu sais.

– Ils ont mauvaise réputation, non ?

– C'est vrai. Aux Antilles, entre autres, ils sont plus redoutés que les requins. Ils passent pour agressifs et rusés, et n'hésitent pas à s'attaquer à l'homme.

– Tu examineras la tête demain matin, me dit James. Leurs rangées de dents sont férocement pointues, tu verras. En groupe, les barracudas sont terribles. Ils s'acharnent sur leur victime. J'ai appris à m'en méfier avec le temps.

– Sais-tu que tu es en train de me décourager des bains de mer, mon capitaine?

– Pas de panique, *my dear*. La plupart des poissons et des crustacés ne présentent aucun danger pour l'homme. Mais il ne faut pas se raconter d'histoires: les poissons vénéneux existent. Sauf qu'ils vivent pour la plupart dans les mers chaudes. Ça te rassure? me lance-t-il, narquois.

– Je te trouve très réconfortant! Je n'ai plus envie de pêcher, tiens... Je préférerais aller faire les provisions au supermarché, c'est moins dangereux.

Un délicieux fumet se répand déjà dans le bateau et me chatouille les narines. Les pommes de terre rissolent et j'ai faim à nouveau. Je meurs de faim en fait.

– Est-ce qu'on mange bientôt? J'ai un petit creux, on dirait!

– On passe à table dans deux minutes, dit James.

Une petite fête que ce dîner! Est-ce la distance, l'air marin, la fraîcheur du mets, la gentillesse de mes hôtes? L'appétit me revient même si le souvenir de Mathieu ne me quitte pas. Je n'y peux rien, je dévorerais un boeuf entier. Comment expliquer cela?

À la fin du repas, après avoir fait le point, James nous annonce une arrivée en douceur à la Blanquilla pour demain à l'aube. La nuit sera calme et douce. Un vent tiède et amical tend les voiles. Le petit navire, heureux, se faufile dans la houle, les ailes déployées, tenant son cap comme un grand. Une apaisante langueur s'infiltre en chacun de nous. La nuit tout habillée de lune est propice à la méditation et à l'espoir.

La Blanquilla, au large du Vénézuela, nous accueille au matin. Cette île plate, formée de granit et de calcaire, s'étend comme une savane désertique. Seuls quatre petits palmiers enjolivent la rade. Je voulais la paix, je l'ai. Pas un seul voilier en vue dans la jolie baie choisie par James.

Sans attendre, je plonge dans l'eau cristalline. La baie devient ma grande piscine privée. Dix fois, vingt fois je remonte sur le voilier pour mieux replonger. Je me sens légère tout à coup, comme lavée de ma torpeur. Pour la première fois depuis la mort de Mathieu, je sens le sang couler dans mes veines. J'avais l'âme et le corps pétrifiés depuis des semaines. Aujourd'hui, la vie remonte en moi.

On voit le fond à dix mètres. Tout un monde sous-marin se dévoile à mes yeux.

– Avez-vous des bombones?

– Malheureusement non, me répond James. Je suis un vieux loup de mer. Je vais sur l'eau, jamais dedans. Je ne sais même pas nager... et je ne sais pas si je veux apprendre...

– J'ai un masque, un tuba et des palmes, me propose Louise.

J'attrape l'équipement et m'installe à plat ventre dans le pneumatique, qui dérive tout doucement. Je plaque le masque à la surface de l'eau translucide pour admirer les tableaux sous-marins. Des éventails géants se balancent au rythme de la mer. Des poissons multicolores se découpent sur le fond de sable blanc. Ces fonds coralliens vierges sont de toute beauté. Ici, le corail a

la forme de grosses cervelles toutes veinu-
rées. Quelques algues langoureuses
dansent. Un poisson orange et blanc se
fraye un chemin entre les concombres de
mer – qui ne sont pas des concombres à
mettre dans la salade! Certaines espèces
sont vénéneuses.

C'est le plus beau et le plus grand
aquarium que j'aie jamais vu. Des poissons
aux mouvements paresseux me regardent.
D'autres aux rayures noires et blanches ou
aux ailes diaphanes se faufilent parmi les
plantes marines.

Mon pneumatique flotte toujours à la
surface de l'eau. Je surplombe des étoiles
de mer tout à fait inoffensives, des cônes et
des mollusques dont je ne connais pas les
noms. Partout, une multitude de couleurs
chatoyantes. Le jardin sous-marin s'étend
à perte de vue.

De plus en plus excitée par la découverte, je chausse les palmes et m'enfonce
dans la mer. Pas de méduses en vue.
Devenue un peu dauphin, je virevolte dans
l'eau, plongeant sans relâche, infatigable.

– Aouch!

La douleur me ramène à la surface.
J'ai la cheville qui brûle. À toute vitesse,

tirant le pneumatique, je remonte péniblement à bord d'Andiamo. James et Louise examinent tout de suite ma cheville déjà enflée.

– Pas nécessaire d'amputer le pied, Annette. *Relax, my dear!*

– Ahh! ne ris pas, James. Ça fait mal...

– Tu as dû toucher au corail. Regarde les éraflures avec la loupe. La chaîne d'ancre, l'autre jour, devait être couverte de débris de corail elle aussi.

Louise, sans crier gare, m'applique de l'alcool à 90 %. J'en perds le souffle. Ça me rappelle la teinture d'iode de mon enfance... Ouille!

Quelques jours plus tard, une barque de pêcheurs ouverte à tous vents vient mouiller dans la baie. Finie l'île déserte. Les jeunes pêcheurs, un peu plus âgés que moi, arrivent de La Restingua, située à 100 milles marins d'ici. Exténués, brûlés par le soleil et le sel, ils s'installent aussitôt pour la nuit.

– *¡ Hola !* lance James avec un signe amical de la main. Ça te fera des amis, dit-il en s'adressant à moi. Tu pourras exercer ton espagnol.

Je ne réponds pas. Incertaine d'avoir envie de me faire des amis, je décide plutôt de me lancer dans la mer devenue bleu Dior en cette heure du jour finissant. Nos deux voisins lèvent immédiatement les bras au ciel et se mettent à gesticuler en baragouinant je ne sais quoi.

— ¡ *Tiburon, tiburon* ! ¡ *Pez-martillo* !

— Sors de là ! m'ordonne James. Vite, remonte à bord !

Je m'exécute, le coeur battant. Les échanges à tue-tête entre les deux bateaux continuent. Je ne comprends rien mais il se passe quelque chose.

— Jamais de bain de mer après 17 heures, disent les jeunes Vénézuéliens.

— Des requins-marteaux viennent rôder dans les parages le soir, me traduit Louise. À bien y penser, on ne voit jamais les gens du pays se baigner après le coucher du soleil.

— Mais, dis-je, à demi convaincue, je croyais que les requins n'étaient presque jamais dangereux pour l'homme !

— *Quite right*, confirme James. La plupart sont timides. Mais le requin-marteau, lui, fait partie des espèces redoutables. En voilà un qui n'a pas le sens de l'humour !

– C'est lui qui a la tête aplatie avec une sorte de boudin sur la face?

– Justement. Le boudin, comme tu dis, porte les yeux et les narines.

– À mon avis, le requin-marteau est dangereux parce que son comportement est totalement imprévisible, ajoute Louise. Mieux vaut se méfier.

– Si jamais je me trouvais nez à nez avec un requin, qu'est-ce que je devrais faire?

– Apparemment, il faut faire face, crier de toutes ses forces s'il approche et lui taper très fort sur le nez.

Je ravale ma salive.

– Facile à dire...

L'incident me laisse toute chose. Oserai-je retourner dans l'eau demain?

Les ténèbres descendent lentement sur le bateau. Un ou deux moustiques échappés de la rive viennent perturber le calme du crépuscule qui s'avance. Les étoiles seront toutes au rendez-vous ce soir. Des centaines, des milliers. Des constellations, des solitaires. Peu à peu, à la faveur de cette nuit délicieusement claire, j'en reconnais quelques-unes avec l'aide de la carte du ciel: l'étoile polaire, la Grande Ourse, la Petite Ourse, Orion, la planète Vénus. D'autres touchent presque la ligne d'horizon.

Je me perds dans la Voie Lactée. Mes pensées dérivent vers Mathieu. Il est avec moi en ce moment. Comme si les derniers mois n'avaient pas existé. Je sens l'odeur de sa peau, j'arrive même à palper le duvet de son bras. Quelque chose se déchire en moi. Des petits lambeaux de coeur palpitent dans mes veines. Son absence m'est infiniment présente. Je voudrais rentrer à la maison. Dormir. Oublier. Laisser filer le temps. Que vais-je donc devenir? La nuit enfle ma peine. Pourquoi n'ai-je pas vu venir le danger sur cette maudite route 20?

Au rythme du bateau, j'oscille et le sommeil ne vient pas. Longtemps je fouille le ciel muet et la mer mystérieuse. Des sanglots que je n'arrive plus à retenir éclatent dans ma gorge douloureuse.

Les premières lueurs du jour me trouvent affreusement barbouillée. J'ai passé la nuit sur les coussins du cockpit. Les pêcheurs sont déjà au travail. Ils sont partis à l'aube gagner durement le pain de leur famille. Je ne peux m'empêcher de me comparer à eux et de penser que moi, je ne fais strictement rien de ma vie...

Louise et James sont aussi à pied d'oeuvre. Louise fait la lessive, James la vaisselle. Le moteur est lancé une minute ou deux pour vérification. Le pont est brossé, les aussières méticuleusement enroulées. Je feins de ne pas être de ce monde. Je ne veux rien entendre, rien voir, rien faire. Je ne veux plus exister.

Louise vient près de moi et me bouscule gentiment.

– Dors-tu, Annette? On fait la paresse ce matin?

– ...

– On se prépare à aller à terre. Tu viens avec nous?

Je ne réponds pas. Je m'assois, lentement, délibérément, pour bien lui faire sentir qu'elle m'énerve. Elle me lance un regard perplexe. Je fais la gueule.

Voilà James qui s'amène. Il a tout compris, celui-là, c'est bien évident. Il va vouloir me faire bouger.

– Debout, matelot! dit-il joyeusement. Tout l'équipage à terre dans dix minutes!

– Je reste ici. Allez-y, vous deux...

– Qu'est-ce que c'est que ce ton bougon ce matin, Annette ? Allez... regarde-moi... *Look at me.*

Je détourne la tête et laisse flotter mon regard dans le vague.

James me force à le regarder bien en face. J'ai les yeux bouffis, le visage défait. Je voudrais être à 100 lieues d'ici. Qu'il me fiche donc la paix !

– *Come on, love...* Tu t'habilles et tu viens avec nous, dit-il lentement et affectueusement.

– Non, James, je veux qu'on me laisse tranquille. Je ne m'habillerai pas.

– Je te demande de t'habiller et de nous accompagner.

– Non.

– C'est un ordre alors, Annette, dit-il d'une voix posée mais ferme.

L'énergie de son regard me traverse. James est habitué à affronter les dépressions. Il ne me laissera pas dégringoler. Quand sur mes épaules il pose ses mains endurcies de marin, je sens toute sa détermination. Celui qui a tenu devant les tempêtes, debout devant la lame, dégage une force implacable que mon regard buté ne peut ébranler. Comme s'il voulait m'empoigner l'âme, la soulever hors du marasme.

Je rage malgré tout. J'aimerais lui sauter dessus, le labourer de coups. Je ne bouge pas d'un cil.

Calmement, il récupère mon jean qui traîne dans le carré et me le force dans la main. Je sens que je ne gagnerai pas. La mine basse, je m'exécute. À vrai dire, je ne sais pas bien pourquoi j'agis de la sorte.

Dans le pneumatique, James me fait ramer jusqu'à la plage. Je l'étriperais. Au bord, je descends et reste plantée sur le rivage comme un piquet.

– Qui donc va attacher le dinghy? me lance James.

Je renverse le pneumatique, cache les rames dessous et l'attache à un cocotier. Louise ne sait que faire pour alléger l'atmosphère.

À contrecoeur, j'emboîte le pas à mes guides. La Blanquilla nous accueille sur son sol brûlé d'où s'échappe une chaude et fine poussière. Le soleil darde la boue séchée et l'arbrisseau qui s'élève vers la lumière. Plus loin, on voit des crottes le long d'un petit sentier fraîchement piétiné.

Il y a donc des animaux dans les parages. Justement, trois ânes sauvages font irruption. Ils s'avancent vers nous. Que vont-ils faire? Charger? Après tout, nous empiétons sur leur territoire.

Les ânes s'agitent, piaffent. Leurs yeux brillent dans la chaleur suffocante. Personne ne bouge, personne ne parle. La main de James se crispe sur sa canne de marcheur. Trois contre trois à se mesurer du regard. Après de longues minutes, brusquement, les ânes au pelage poussiéreux font demi-tour et dévalent le ravin en galopant. Ouf!

La promenade continue. Muette comme une carpe, je frappe le sol de mon bâton pour effrayer l'éventuel serpent curieux. Le geste me calme les nerfs aussi.

Sur le sable dénudé, j'aperçois de longues traces toutes récentes, intrigantes. Les pistes sur le sable se multiplient. Je me demande si James et Louise les ont remarquées. La curiosité et l'inquiétude l'emportent sur mon mutisme.

– Quel animal... ?

– Chut! fait Louise.

Du coin de l'oeil, j'entrevois des espèces de gros lézards verts dans un bosquet rabougri. James claque des mains. L'une des bêtes déguerpit, puis une deuxième et une troisième, traînant leur longue queue sur le sol. Nous les suivons jusqu'au bord de la mer.

– Ce sont des iguanes, me dit Louise. Regarde là-haut.

Nos trois iguanes grimpent dans un arbre pour rejoindre leurs dizaines de camarades suspendus par grappes au milieu des branches et des feuilles.

La promenade devient vite fastidieuse sous ce soleil de plomb. Heureusement, l'heure du pique-nique approche. J'accepte presque de bonne grâce de ramasser des brindilles, des feuilles séchées et quelques maigres bouts de bois pour le feu de camp. Louise sort ses petits paquets verts minutieusement ficelés : elle a apporté des *hallacas*, ce célèbre plat traditionnel des Fêtes de fin d'année au Vénézuela.

La feuille de bananier a été coupée en carré et huilée. Dedans, une pâte de maïs safranée enrobe une farce à base de viandes diverses, de noix, de raisins de Corinthe, d'olives. Miam. Mes amis mangent peut-être du pâté chinois à la cafétéria de l'école en ce moment...

James et Louise s'éloignent. Je reste au pied d'un arbre à macérer dans mon humeur indécise. Je pense à mes parents. Comme c'est étrange, je n'arrive plus à imaginer précisément leurs traits. Tout est flou, un peu comme ma vie. Il me semble que j'erre sans but, comme un bateau sans gouvernail. Le pire, c'est que je m'en fous éperdument.

Je devrais l'écrire, cette longue lettre à Isabelle. Elle comprendrait, elle, comment je me sens. Jusqu'à maintenant, je n'ai fait que griffonner des notes pour elle. Chaque fois, je cherche mes mots. Des mots qui ne viennent pas. Tirant mon petit carnet de ma poche, j'écris:

Chère Isabelle,
Chère Isabelle, mon amie,
C'est encore moi, mais aujourd'hui j'aimerais vraiment que tu sois ici à mes côtés. J'aimerais te parler. J'aimerais que tu me dises à quoi ça sert la vie. Le sais-tu, toi? Je me sens tellement perdue et fatiguée. Faut toujours se battre, on dirait. Je regarde les poissons, c'est vraiment pas drôle. Les gros mangent les petits. Je me sens si petite. Je suis toute mêlée, mélangée. James et Louise m'énervent avec

leur bonheur. Je voudrais être six pieds sous terre. En même temps, j'ai envie de te revoir, d'être dans ma chambre à Montréal. Si je pouvais donc savoir ce que je veux, où je veux aller. Tu devrais me voir. Je me laisse traîner par James et Louise comme un toutou.

Je ne sais plus quoi te dire. Il y a comme une grosse boule en dedans qui bloque tout. Je ne sais pas si je m'en sortirai. Je ne sais même pas si je veux m'en sortir.

J'arrête. J'arrache les pages. Demain peut-être, j'écrirai. Demain. C'est sûr.

Je retourne au dinghy. Les pêcheurs, qui sont rentrés, ont avancé sur la plage leur barque au ventre rond. On m'invite à bord. Je remarque que l'habitacle protège le moteur des intempéries mais pas les pêcheurs.

– La mer a été généreuse aujourd'hui, me dit Miguel. Viens voir.

Il soulève la trappe. Dans une partie de la cale, des douzaines de poissons frétillent allègrement. C'est beau à voir.

– Hé! Il y a plein de trous dans le fond de votre bateau! Vous allez couler!

Ils rient de mon air stupéfait. Il me semble pourtant qu'il n'y a pas de quoi rire.

Je comprends finalement que les trous, ronds et réguliers, ont été délibérément dessinés par le constructeur naval pour alimenter la pêche fraîche en eau de mer libre.

– Le bateau frigo de la Martinique viendra demain, m'explique Miguel, et nos poissons demeureront vivants jusqu'au moment de la vente.

En attendant le retour de James et Louise, j'ôte le sable du dinghy, installe les rames et tourne l'embarcation en direction d'Andiamo.

Au moment où je la mets à flot, une espèce de grand poisson allongé bondit près de moi, la gueule entrouverte. Qu'est-ce qui a bien pu l'attirer si près du bord ?

– ¡ *Murena* !... ¡ *Murena* ! crie Miguel depuis sa barque. Attention !

J'ai compris. Cette chose d'un mètre de long qui me montre des dents aiguës est une murène. Ses petits yeux brillants me fixent. Je la sens puissante et nerveuse. Apparemment menacée par ma présence, elle me barre le chemin. Pas moyen de monter dans le dinghy. Miguel la touche avec sa gaule. Elle enfonce ses crocs dans le baton.

J'avise un petit rocher et grimpe dessus. La revoilà qui fonce. Je suis pétrifiée. Son corps tacheté de noir se tortille.

La lumière du jour faiblit maintenant. Miguel prend les grands moyens. Avec la gaule, il fait une rallonge à son épuisette. Au bout de dix interminables minutes, il réussit à couvrir la murène avec le filet et, centimètre par centimètre, fait glisser l'épuisette sur le sable vers la mer. Dans cinq ou six centimètres d'eau, la murène s'échappe vers le large. Hourra!

Je reste là, plantée sur mon rocher, toute tremblante. Quand James et Louise arrivent, j'ai encore les jambes qui flageolent.

Une demi-heure plus tard, sur le sloop, la lumière jaune de la lampe à l'huile danse dans la cabine. Les boiseries se réchauffent, les couverts d'étain et d'acier inoxydable brillent. L'atmosphère est redevenue cordiale. Une complicité jalouse semble unir James et Louise (ces deux-là ont une façon de rire et de se taquiner qui m'échappe complètement). James me fait comprendre, par d'infimes subtilités, qu'il me sait gré de contrôler mes émotions.

Comme au théâtre, trois coups résonnent sur la coque.

– Qui est là?

– C'est Yoni le pêcheur. Je t'apporte un petit cadeau pour te faire oublier la murène.

Il me tend deux plats.

– Qu'est-ce que c'est? dis-je en soulevant les couvercles.

– Des oeufs d'iguane et un ragoût de tortue.

– Un ragoût de tortue?! Ça alors!

J'invite Yoni à monter mais il redescend dans sa barque en sifflant. Louise n'a que le temps de lui offrir un beau pain sorti du four ce matin.

Une petite honte sournoise s'infiltre en moi. Tout le monde ici me gâte, m'offre son temps, son hospitalité, sa bouffe. Et moi alors, qu'est-ce que je fais dans tout ça? Qu'est-ce que je donne en retour?

Vivement, je repousse ces pensées gênantes. L'heure est à la dégustation. Ce soir, je vais faire la brave. Les oeufs d'iguane déjà cuits sont tout chauds, tout ronds et tout en jaune. La couche d'albumine est très mince. Du jamais vu. Et j'admets que le ragoût de tortue sent très bon!

Quelque chose me gêne cependant :

– Il me semblait que c'était interdit de capturer des tortues.

– Ici, c'est défendu, réplique catégoriquement James. C'est une espèce protégée.

– S'il est interdit de les tuer, je ne peux donc pas en manger !

– Ta remarque est pleine de sens. Mais crois-tu que le fait de jeter ta part de tortue à la mer la fera revivre ?

Je suis estomaquée par la répartie. James s'explique :

– Jamais je ne tuerai une tortue en mer à moins d'y être obligé pour assurer ma survie. On en rencontre souvent au large. Mais que ces jeunes pêcheurs se paient une tortue par mois ne me scandalise pas du tout, vois-tu. Ce qui me gêne, ce sont les touristes qui tuent ou achètent n'importe quoi, n'importe où, et surtout les bateaux-usines.

– N'empêche qu'il faut des quantités industrielles d'aliments pour nourrir les habitants de la planète, ajoute Louise. Rien n'est aussi simple qu'on le voudrait...

Chapitre 5

Pleine mer

Les jours et les nuits passent. Je valse entre le rire et les larmes. J'apprends le silence, j'apprivoise petit à petit la solitude. En même temps, je commence à me demander si la vie d'ermite me convient. La vie urbaine me manque un peu. Quand Miguel m'invite à sortir en mer pour quelques heures de pêche, je suis ravie.

J'apprends à lancer les filets et aussi la déception de les remonter vides. J'admire la patience de Miguel et Yoni, leur entêtement à recommencer, inlassablement. Ils savent interpréter le moindre rond dans l'eau, un frémissement quasi imperceptible, une infime scintillation.

Je me sens vraiment comme une fille de la ville à qui on n'a pas appris à observer les nuages, à regarder la lune, à sentir le vent. Mes compagnons, eux, savent où fraient les *bonitos*. Moi, je reconnais la morue chez le poissonnier parce que son nom est écrit en toutes lettres!

La cale est déjà grouillante. Une bonne journée. Je leur porte chance, disent les pêcheurs. Nous rentrons vers le mouillage.

– Tu veux une dorade rose ou un mulet cette fois?

– Non. Je préférerais un barracuda. C'est tellement exotique!

– O.K., dit Miguel. On va aller t'en pêcher un tout frais.

On vire de bord vers une autre rade. Miguel lance son fil de nylon à la traîne. Il retient la bobine de fil dans la main gauche, le fil posé sur son index droit recouvert de caoutchouc. Comme un artiste, il «sent» délicatement son fil entre le pouce et l'index. Il lâche un peu de mou, reprend, teste par petits gestes précis la tension du fil. Il est fascinant à regarder travailler.

– Ça mord, dit-il soudain. Mais ce n'est pas un barracuda.

Comment peut-il le savoir, le poisson n'est même pas sorti de l'eau ?!

– C'est un *coro-coro*, dit Yoni en reconnaissant la prise.

– Allons un peu plus loin, par là, indique Miguel.

L'hameçon à l'eau, Miguel continue son travail d'expert. Bientôt, il annonce qu'il a un barracuda au bout de sa ligne... et qu'il vient de le perdre ! Comment sait-il ? Je suis médusée.

– Ne te décourage pas, dit-il avec assurance. Ton dîner de ce soir, tu l'auras avant cinq minutes.

Le moteur n'a pas fait trois tours que Miguel rembobine prestement son fil. Un superbe barracuda émerge de l'eau. Je suis épatée. Miguel, de son côté, est très fier de m'avoir impressionnée.

Je rentre fourbue, le visage couvert de sel, les mains pleines d'écailles, mais heureuse de ma journée. L'idée de partir demain vers Puerto Rico m'attriste presque.

Après le repas, juste avant de dégonfler le dinghy en prévision du départ, James, Louise et moi sommes allés dire *adios* à nos amis.

– On a trouvé quelqu'un pour te tenir compagnie, dit Miguel.

– Ah oui? Qui donc?

– Marquesa.

– Qui est Marquesa?

– Regarde dans la boîte, répond-il, amusé.

Intriguée, j'ouvre délicatement la boîte de carton percée de trous. Un tout petit minet me regarde en ouvrant la gueule. Il n'en sort pas un son.

– D'où vient-il?

– Nous l'avons trouvé dans l'île hier... tout seul. Nous avons fouillé les bosquets à la recherche de sa mère ou de ses frères et soeurs. *Nada*... rien. Il n'est même pas sevré. Tu veux t'en occuper? Si on le laisse sur la plage, il va mourir, c'est sûr.

– Est-ce qu'on peut prendre un autre membre d'équipage, capitaine?

James acquiesce.

– Bon... d'accord, dis-je sans me faire prier. Tu crois qu'il comprend le français, ce petit Vénézuélien?

– J'en suis sûr, affirme Miguel. Bon, *adios*, on vous laisse dormir maintenant. Votre traversée sera longue... *Hasta luego*. Tu nous donneras des nouvelles de votre voyage?

– Promis. Je vous posterai même une photo du chat-marin.

De retour à bord d'Andiamo, je trouve un coin dodo pour Marquesa. Elle est si petite, elle n'a pas plus de deux ou trois semaines. Avec une serviette éponge, je transforme le fond d'un grand chapeau de paille en lit douillet pour ma minette.

Chaton pourtant n'a aucune envie de dormir. Il s'agite : il a faim ou soif. Je lui présente un bol d'eau douce. Aucun intérêt. Même en trempant son petit nez rose dans l'eau, il ne boit pas. Il préfère sans doute le lait.

– Où est le lait en poudre, Louise ?

– Dans le deuxième bac sur tribord.

J'offre la mixture à la jolie boule de poils noirs. Aucun succès. Mademoiselle Marquesa regarde sans prendre la moindre initiative.

– Allez, minet, goûte... Essaie au moins...

Marquesa me considère de ses grands yeux verts, étire ses oreilles très pointues, mais ne boit pas.

– Elle ne doit pas savoir laper, qu'en pensez-vous ?

– Ma foi, c'est possible. Tu devrais
tenter de la nourrir à la tétine quelques
jours, me suggère James.

– La pharmacie est un peu loin pour
acheter une tétine, non ? Je suppose que
vous ne gardez pas ce genre d'équipement
à bord ?

– Tu as vu juste, Annette, dit Louise.
Système D : quand il n'y a pas, il faut
inventer sur un bateau. Alors bonne
chance. Tu trouveras bien un moyen...

Je fais le tour des coquerons, de la
trousse médicale, du coffre à outils. Je suis
tentée un moment par l'entonnoir, qu'il y a
peut-être moyen de bricoler. J'ouvre les
réserves, je sonde le « coffre aux trésors »,
qui contient un bric-à-brac indescriptible.
Il s'y trouve de tout sauf une tétine. Je
détaille le compartiment des produits
ménagers : éponges, chlore, brosse et...

– Eurêka ! J'ai trouvé ! Les gants pour la
vaisselle !

Avec les ciseaux, je détache le majeur
de la main. Cette belle grande tétine jaune
a l'air d'un pis de vache. Parfait. Je suis
très fière de mon coup. Avec une aiguille à
coudre, je perce le doigt, l'emplit de lait
que j'ai fait tiédir. Ça coule de partout.

Marquesa mâchouille un peu le doigt du gant de caoutchouc, se barbouille de lait, menace de sortir de mon étreinte, miaule et éclabousse tout le monde. L'opération nourrisson s'annonce comme un échec.

Louise vient me prêter main forte. Pendant que je tiens fermement Marquesa, mon auriculaire dans sa gueule, Louise presse la tétine maison.

Ça y est, Marquesa a compris. Elle boit goulûment, laissant pantois trois humains. Le ventre rond et dur, elle s'endort. L'équipe peut maintenant poursuivre les préparatifs du départ.

– Puerto Rico, *here we come*! lance le capitaine.

La remontée vers le Nord est amorcée. Andiamo vogue sous belle brise. Marquesa dort en permanence, sans ronronner, comme assommée. Elle souffre peut-être du mal de mer. Pourvu qu'elle s'acclimate et acquière «la patte marine»!

Au cours de la deuxième journée de navigation hauturière, profitant du beau temps, le maître à bord organise une

répétition de « repêchage d'homme à la
mer ». Il jette un coussin par-dessus bord.
Les manoeuvres rigoureuses commencent.
Même sans panique, de jour et par belle
mer, il n'est pas simple de repêcher sous
voile un coussin de la taille d'une tête
d'homme.

Le risque de tomber à l'eau existe en
permanence sur un bateau. Je cède
soudain à la tentation d'imaginer le pire.
Si, alors que je dors à poings fermés, une
saute de vent faisait passer Louise et James
par-dessus bord ? Si une lame les emportait à la mer ?

– Par mauvais temps, me disait Louise
l'autre jour, les chances de récupérer
quelqu'un à la mer sont très minces. De
nuit ou par gros temps, il est presque
impossible de sauver un naufragé à moins
qu'il ne s'éclaire lui-même.

N'ai-je pas failli passer par-dessus bord
hier en puisant de l'eau ? Si je n'avais pas
lâché le seau instantanément quand James
me l'a ordonné, ça y était... Je portais ma
ceinture de sauvetage, précaution de
routine la nuit, mais je serais bel et bien
tombée à la mer. J'y serais peut-être encore
d'ailleurs, coulant lentement vers les

profondeurs, là où la lumière ne rejoint personne.

Un bon moyen, peut-être, d'aller retrouver Mathieu, me suis-je dit...

J'ai retiré ma ceinture. Longtemps j'ai fixé les ondulations de l'eau noire. J'ai fixé le remous derrière le bateau... ç'aurait été si simple...

J'aurais vu Andiamo filer droit devant et la pomme du mât disparaître à l'horizon... Si j'avais hurlé, la mer aurait enterré mes cris, le froid de l'eau aurait engourdi mes membres ou une créature vorace serait venue mettre fin à mon cauchemar.

Rien de cela ne s'est produit. En ce moment, Andiamo fonce bravement dans la vague et lutte contre le vent. Les pulsations du moteur font vibrer les entrailles du bateau. On vire et James, après plusieurs tentatives, repêche le coussin.

Quand il le remonte à bord, je me sens saine et sauve tout à coup... Peut-être même heureuse d'être en vie...

Ils ont raison, mes romanichels de la mer. Les jours se suivent mais jamais ne se ressemblent. Le troisième jour, me voilà devenue couturière : leçon numéro 1 de rapiéçage de voiles. Petite main, petits points et grande patience. James est une grande couturière. Ses points sont parfaits, réguliers, minutieusement cousus. Amoureusement aussi, je crois. Je ne cache pas mon admiration.

– La mer ne pardonne pas le travail mal fait, dit-il doucement. Ça pète, ça casse ou ça se déchire, tu comprends ?

Je comprends.

Je retourne avec application à mon travail, heureuse à l'idée de revoir bientôt une ville, une foule, des gens, d'entendre les klaxons à la place du chant des sirènes, et de lever les yeux sur des toits de maisons au lieu des crêtes de vagues.

Le bateau glisse harmonieusement, profitant de vents favorables. Quand il se fait des moustaches à l'étrave, il est heureux. La mer murmure. Pour la première fois peut-être, j'apprécie pleinement ma chance. La nature et la mer me font tellement de cadeaux ! Tout en caressant Marquesa qui me mordille les doigts, je me laisse enivrer par l'air salin.

Un formidable coup de cymbale me sort brusquement de cet état de grâce.

– Qu'est-ce que c'est?

– Là! Là, sur bâbord! répond Louise. Regarde, Annette, elle est là.

– Quoi, quoi, qui ça? dis-je, affolée.

À quelques brasses du bateau, une baleine nous fait le gros dos. La fontaine qui jaillit de son évent brille de mille couleurs dans le soleil. C'est elle qui m'a fait sursauter.

Le géant des mers est là. Il vogue à la même vitesse que le bateau. Si grand et souple à la fois! On ne le voit pas bouger, et pourtant il avance. La baleine ne s'approche pas. Elle file toujours à égale distance d'Andiamo. Sa grande queue s'élève dans les airs comme un éventail. Elle va sonder.

– Elle peut descendre à plusieurs centaines de mètres de profondeur, tu sais, me dit Louise.

– Reparaîtra-t-elle?

– C'est possible. Mais où? Je ne sais pas. Sors les lunettes d'approche.

Je regarde de tous mes yeux. L'horizon monte et descend. Je scrute la grande plaine moutonneuse à la recherche de ma baleine.

– Elle souffle, elle souffle, crie James.

Dans le lointain, à tribord cette fois, le roi des mammifères vaporise la mer d'un voile d'embruns. Majestueux et magnifique.

– Va-t-elle nous attaquer ?

– Je ne crois pas, répond James. La baleine est plutôt pacifique. Le bateau d'un de mes amis s'est quand même fait abîmer gravement par une baleine il n'y a pas si longtemps. C'était la nuit, le voilier avançait à pleine vitesse quand il a heurté le dos d'une baleine qui dormait paisiblement à fleur d'eau. Le choc a été effrayant. Mais tout le monde s'en est sorti vivant.

Chapitre 6

Son et lumière

Nous venons tout juste de mouiller dans la baie de Mayagüez. Quelle n'est pas ma surprise d'y reconnaître le Brisas del Mar! Raphaël, sur le pont, nous fait des grands gestes d'amitié. Je remets encore à plus tard ma lettre à Isabelle. Il me tarde trop de revoir Raphaël et de respirer l'air d'une ville.

Après les formalités de douane et d'immigration, nous nous retrouvons tous à terre. James et Louise feront le tour des quincailleries à la recherche du boulon manquant et de la vis en cuivre indispensable pour la réparation de je ne sais quel appareil. Pour ma part, je me laisse enlever par Raphaël après avoir promis, juré, craché de téléphoner à mes parents. Ce que je fais.

Maman était bien contente de m'entendre. Je l'ai senti tout de suite au timbre de sa voix qui s'est, comment dire, apaisée au bout d'un moment. Voir sa fille au moral chancelant quitter le nid familial pour embarquer sur un voilier, il y a sûrement là de quoi donner le mal de mère... Je l'ai rassurée, sans trop me forcer d'ailleurs. Raphaël se tenait discrètement à mes côtés, attendant que j'aie fini pour m'emmener explorer sa ville.

Oréo va bien, me dit maman. Il ne dort que dans ma chambre, nuit et jour. Papa appelle souvent. Il est malheureux de ne pas recevoir de lettres de moi.

Très vite, un vide se crée dans la conversation... je ne sais que dire... Soudain, la communication est brusquement coupée : un bourdonnement, un déclic et puis plus rien. Impossible de ravoir une ligne. J'abandonne. L'essentiel a été dit, je crois. D'ailleurs, je suis absolument sûre que James ou Louise, ou les deux, téléphoneront eux aussi à mes parents aujourd'hui.

Je pars donc gaiement de mon côté avec mon guide personnel. Mayagüez grouille de circulation. Je suis très excitée. Au passage, je remarque les manguiers croulant sous le poids de leurs fruits.

Partout dans cette ville américaine, l'espagnol domine. Les conversations animées jaillissent des fenêtres grandes ouvertes. Je souris de toutes mes dents à Raphaël. Il me prend par la main et nous courons à travers les rues achalandées de cette belle fin de journée.

Une musique endiablée, quelque part plus loin, me fait monter les fourmis dans les jambes. D'une rue on passe à une ruelle, puis à une venelle. La musique s'amplifie, nous attirant dans une cour intérieure où un orchestre de jeunes Portoricains s'en donne à coeur joie. Cela me change du grégorien que Louise fait si souvent tourner à bord...

J'entraîne Raphaël sur la piste et je danse, je danse. Les *salsa* et *merengue* se succèdent. Je vibre à chaque accord de guitare. Raphaël est un merveilleux danseur. On dévore un poulet grillé et, jusqu'à une heure du matin, on passe d'un *reggae* à un *dub* et d'une table à l'autre. Mon cavalier connaît tout le monde. J'arrive difficilement à suivre les conversations en espagnol, mais sur le carré de danse, aucun problème de communication!

Il est tard. Je suis sûre que James et Louise s'inquiètent, mais tant pis. Raphaël me roucoule des choses gentilles, que je devine plus que je ne comprends. Quel charmeur, ce Raphaël! Son regard se fait tour à tour doux et enflammé. Sa main brûlante s'attarde longuement autour de ma taille. J'en deviens toute chaude. J'ai tellement envie de bras forts et tendres. Tellement envie d'appuyer un instant ma tête sur l'épaule ronde et confortable... de Mathieu...

Je me raidis. L'envoûtement passe, tandis que ma plaie se rouvre.

Nous filons vers la plage. Un seul dinghy nous attend. Toutes les lumières d'Andiamo sont allumées, y compris les feux de mouillage.

James et Louise m'attendent sur le pont... Je le savais... Je vois venir la tempête et comme un roseau, je plie. Les « où étais-tu » et « qu'as-tu fait » vont me pleuvoir dessus. Effectivement.

– Bonsoir, Annette.

– Bonsoir, James...

– Tu t'es bien amusée?

– T'as de la chance... Nous, on s'inquiétait ici, dit Louise.

– Je m'excuse, je...

– Tu as le droit d'aller t'amuser, Annette... Ça me fait plutôt plaisir... Mais tu n'as pas le droit de nous inquiéter. C'est ça vivre en société. Dorénavant, il faut que tu nous informes de tes allées et venues. Compris?

– Oui, James...

Je m'esquive, penaude, vers ma couchette, sans me brosser les dents ni me débarbouiller.

– J'ai intérêt à me faire oublier, dis-je à Marquesa qui, elle, se régale de mes gratouilles. T'aurais dû me voir danser, ma vieille, une vraie Sud-Américaine. T'aurais été fière de moi!

Dans mon esprit encore survolté, les yeux bleus de Mathieu se confondent avec le regard ardent de Raphaël. Je suis troublée, mal à l'aise. Comme coupable de je ne sais quel crime. Si je pouvais surmonter ma fatigue, je tenterais de décrire à Isabelle, tout de suite, cette drôle de sève qui monte en moi, cette espèce de courant électrique qui m'anime. Je me sens comme une vigne, agrippée à son mur de briques, qui veut s'élever vers le soleil! Ah, et puis, à quoi bon... Ça ne va pas durer... Je vais encore me dégonfler comme un vieux ballon et finir par vouloir rentrer sous terre.

Mes paupières s'alourdissent. Je sombre dans le sommeil. Quand j'ouvre un oeil, tard dans la matinée suivante, je constate que mes hôtes préparent un nouveau départ.

– On s'en va déjà?

– Eh oui... Mais tu as le temps d'avaler un morceau et de te faire une beauté, me dit Louise en riant. Va te regarder... Tu as l'air de sortir d'une boîte à surprises.

Dans la glace, j'admets qu'il y a place pour un peu d'amélioration. Je vois, par le hublot, le Brisas del Mar où rien ne bouge, et, sur la table de navigation, la carte marine avec un tracé vers les Bermudes. J'ai envie de rester ici, mais j'aimerais mieux partir aussi. Je ne sais plus.

Je prends le micro de la radio VHF et lance un appel.

– Brisas del Mar, Brisas del Mar? Ici Andiamo.

La radio grince et crépite.

– Brisas del Mar, Brisas del Mar? Ici Andiamo.

– Andiamo, ici Brisas.

– Ah Raphaël... euh... *Es possible Raphaël de*... euh... je peux venir te voir, Raphaël?

– *Sí, sí*, je t'attends.

Louise me regarde et me fait O.K. de la tête.

– On part dans une heure environ, alors vas-y, ouste...

Visiblement content de me revoir, Raphaël me confie qu'il rêve de venir au Canada depuis longtemps. Il connaît tout du pays par les livres et la télévision : les rivières, les saisons et aussi les universités où il aimerait éventuellement étudier.

– Tu penses y aller bientôt?

– L'année prochaine, sans doute. Avec mon père, on va d'abord naviguer jusqu'en Europe. Je reprendrai mes études après. Et toi, que veux-tu faire?

– Je ne sais pas... Je le savais mais je ne sais plus... Peut-être qu'on se reverra alors, qui sait?

Ce furent des adieux tendres et tristounets, remplis d'espoirs imprécis.

– *Adios*, Raphaël... faut que j'y aille, tous les hublots sont déjà verrouillés sur Andiamo.

Du pont du voilier, je fais un dernier geste d'adieu à Raphaël et à Moscou, qui danse autour de son maître.

Le grand bleu m'attend.

– C'est loin d'ici, les Bermudes ?

– Oui et non. 880 milles marins. Entre six et douze jours de haute mer selon le vent, les accalmies et la grosseur de la mer, me répond Louise. Ce sera ton plus long voyage sans voir la terre. Tu es prête ?

– Euh... je ne sais pas, dis-je, un peu saisie. Je ne pensais pas que la traversée serait si longue. Est-ce qu'il faut passer par le triangle des Bermudes ?

– Absolument. Et par la mer des Sargasses.

– C'est dangereux, non ? C'est vrai, toutes ces histoires de disparition de bateaux et d'avions dans le fameux triangle ?

– Oh, ça m'étonnerait... Tu sais, Annette, il faut faire la part des choses. Il y a les statistiques, les superstitions, l'imagination des gens et, comme dit James, il y a surtout le mauvais temps ! Alors, tu peux choisir la théorie qui te convient...

– Je ne la trouve pas très rassurante, ton explication.

– Qui ne risque rien n'a rien, mamzelle! Écoute, nos risques sont quand même calculés. Le bateau est en parfait état de marche, la météo annonce du beau temps et l'équipage est en grande forme. Évidemment, on ne connaît pas l'avenir... mais c'est ça qui rend la vie passionnante, non?

Je reste songeuse un moment. Dans quoi suis-je en train de m'embarquer au juste?

– Qu'en penses-tu, Marquesa? Ce serait plus facile de quitter le navire et de rentrer à Montréal, tu ne trouves pas?

Marquesa me regarde avec des grands yeux ronds de chat-marin parfaitement heureux de son sort.

– Mais est-ce que j'ai envie de foncer vers l'inconnu, comme ça, sans réfléchir? C'est risqué... Oui, c'est risqué. Mais c'est l'aventure aussi. Mais, mais, mais... D'ailleurs, est-ce que je pourrai tenir douze jours en mer? Hein Marquesa?

Ce fut un départ en douceur comme James les aime. Cet après-midi-là, notre

skipper s'est fait tout attentif à sa mer et à
son bateau pendant que je m'épanchais
sur l'épaule de Louise. Le vent caressait
tendrement Andiamo et l'emportait vers le
large.

Chapitre 7

La longue traversée

Douze heures plus tard, Puerto Rico était chose du passé. On taillait de la route allègrement. De temps à autre, on rencontrait des navires ou des paquebots tout illuminés. Le troisième jour, on l'a passé à zigzaguer entre les nuages pour éviter les rideaux de pluie. Le vent changeait d'humeur constamment. Le ciel se couvrait puis se dégageait aussitôt. On réussissait tout de même à avaler plus de 100 milles marins par jour. Le skipper était content. Des heures durant, on s'abandonnait au farniente total : Louise réglait le pilote automatique et le bateau filait, raide sur le cap.

– Il y a combien de temps que tu navigues avec James, Louise?

– Douze ans. Tu ne te souviens pas? Tu étais venue à la marina de Sorel avec Renée et Roger. Je te vois encore agiter un mouchoir blanc presque plus grand que toi. Douze ans déjà. Ça passe vite, si vite...

– Mais pourquoi t'es partie?

– Oh je ne sais pas... disons que j'ai décidé de vivre autrement... Tu m'emmerdes un peu avec tes questions, tu sais. C'est vrai que t'es une grande jeune fille maintenant. Tiens, tu pourras lire toutes les lettres que j'ai postées à Renée, si elle veut.

– Tu ne m'as toujours pas répondu.

– Oh la, la... Qu'elle est énervante, cette petite! Tu veux savoir pourquoi j'ai abandonné mon bureau de dentiste, vendu ma voiture et donné mes robes à paillettes? Eh bien, je vais te le dire: parce que, James et moi, on s'aimait comme des fous et qu'un jour, on s'est rendu compte qu'on n'avait plus le temps de se le dire, de se voir, de lire et de regarder pousser les pissenlits. Tu comprends?

– Non.

– On travaillait douze heures par jour. James brillait dans l'assurance, moi je faisais briller des dents. Mais la vie nous échappait. Alors on a décidé de tout recommencer. J'ai tous mes instruments de dentiste à bord, tu sais... J'en soigne encore des dents, parfois gratuitement, parfois en échange d'une jupe ou d'un saumon frais. Je me sers même des instruments pour fabriquer les petits bijoux que je revends. James donne des cours de voile et fait des livraisons de bateau.

— Mais tu travailles encore douze heures par jour sur le bateau... et James aussi... Ça ne rime à rien, ton explication !

Louise éclate de rire.

— C'est vrai, mais j'ai le sentiment de les vivre, ces douze heures par jour, pas seulement de remplir mon agenda. On ne gagne que l'argent dont on a besoin... Tu as dû reconnaître les vieux t-shirts que ta mère m'a donnés ? Je les use sur le bateau.

— Tu ne regrettes pas des fois ?

— Non. C'est aujourd'hui qui m'intéresse.

— Et si James disparaissait, qu'est-ce que tu ferais ?

— J'y ai souvent pensé, tu t'imagines bien. Quand il faut changer une voile la nuit et que la mer est déchaînée, il part tout seul vers l'avant pendant que je barre derrière. Chaque fois, j'ai peur de le perdre. Quand le bateau pique du nez dans le creux le plus creux d'une déferlante, je ne sais jamais si je reverrai James remonter avec Andiamo. Alors j'ai peur, j'ai toujours peur. Mais je sais aussi que s'il disparaissait, je continuerais. Ça, j'en suis sûre.

Je suis touchée, bouleversée. Pourquoi a-t-elle dit ça? Mathieu n'est pas remonté, lui. Il est disparu, à jamais, dans la poudrerie.

Un poisson volant s'est assommé dans les voiles au cours de la nuit. Je l'ai trouvé en faisant ma ronde avant de prendre mon quart de 08:00 heures. Au lieu de le noter dans l'espace «commentaires» du livre de bord, j'ai fait un dessin.

On connaît toute la vie du bateau, et parfois la vie intime des navigateurs, en feuilletant le *log book*. Alors je l'ai lu, indiscrète, jalouse un peu aussi. James écrit des déclarations d'amour torrides à Louise et Louise lui pose des «colles» qu'il doit résoudre pendant son tour de garde...

La température a chuté à 19° et le baromètre aussi, légèrement.

– Si on continue à cette allure, le voyage ne durera qu'une semaine, dis-je à James, fière de mon nouveau savoir.

– Rien n'est garanti en mer, ma belle... Ne jurons de rien. Pas de police d'assurance ici. Regarde-moi ces nuages là-bas. Caca... ils ne me plaisent pas du tout.

Il a raison, les moutons blancs se multiplient. Il me semble aussi que le vent souffle plus fort.

– Le temps fraîchit, dit James.

– C'est bien, on ira plus vite, non ?

– Pas nécessairement. Ça dépend combien de voilure on peut garder et dans quelle direction ça va souffler.

En moins d'une heure, la mer s'est enflée, le ciel a baissé. Tout est devenu gris : les nuages, l'eau, l'horizon. La brise âpre fouette maintenant les joues. De grands paquets d'embruns obscurcissent les hublots. L'atmosphère s'est alourdie d'humeurs mauvaises.

– On réduit la voilure ! crie James.

Louise s'affaire sans mot dire, efficace, rapide et calme. Je barre en tentant de maintenir la stabilité du bateau.

Le vent est tellement chargé d'énergie que je sens monter en moi des bouffées d'adrénaline. La mer est dure. Mes muscles se tendent pour garder le cap.

– Force 8, annonce James. Un bon coup de vent pour te faire la main, Annette!

Ça n'a pas l'air de l'énerver plus qu'il ne faut. Personnellement, j'ai la trouille.

Je tiens la roue à deux mains. Andiamo pique et fonce dans la vague courageusement. Toutes les tensions infligées au bateau par le vent et la mer, je les sens. Le mât se met à siffler des notes longues et lugubres. L'eau glacée s'infiltre par mon col mal fermé. Je grelotte d'humidité malgré la chaleur. Et je tiens bon.

Un grand plaisir s'est insinué dans mon corps et mon esprit. Cette lutte contre les éléments m'absorbe totalement. Une espèce d'euphorie indéfinissable éclate soudain dans tout mon être. Je gouverne. C'est moi qui tiens le cap sur les Bermudes, qui garde Andiamo dans l'angle le plus favorable à sa course, qui devine d'où viendra la prochaine vague. Le bateau avance sans faillir, dévalant les creux pour remonter aussitôt sur la prochaine crête. Je suis emballée. Je jubile. Plus rien n'existe que le combat que je mène avec le voilier. Je demeure concentrée, vivant et vivante au milieu de ces forces vives.

Quand James revient avec son café brûlant, nos regards se croisent. Il ne m'a jamais semblé aussi sympathique. Peut-être ai-je commencé de comprendre pourquoi il aime tant la mer. Pourquoi il ne peut vivre sans elle. James aime la mer parce qu'il la connaît. Il en a peur aussi parce qu'il la connaît. Il est têtu et soumis, fonceur et humble.

– Ça te plaît ? demande-t-il avec un petit quelque chose dans la voix.

– Ouais, que je réponds avec un demi-sourire.

Il me tape un clin d'œil complice comme si on était du même bois, tous les deux.

– Va te sécher à l'intérieur et regarde le baromètre : il ne descend plus. Le vent devrait se calmer d'ici quelques heures. Demain il fera beau.

Avant d'entrer en cabine, je m'emplis une dernière fois les yeux des vagues qui courent à toute vitesse. Le vent rugit, la mer mugit, le mât siffle, les cordages se tendent.

Dès que je mets le pied dans le carré, je me retrouve dans un monde totalement et incroyablement différent. Tout est calme. Le bateau, hermétiquement fermé, est imperméable à la fureur et aux colères de la nature. On peut s'y blottir comme à l'intérieur d'une huître.

Finalement, je suis contente d'être du voyage. Une joie nouvelle se faufile dans mon coeur.

Pour me changer les idées, je décide de lire un récit de voyages en Afrique que m'a prêté Louise. Tiens, le livre est trempé de part en part. La banquette aussi. Y a-t-il une voie d'eau? Je tape à la porte de la cabine de Louise.

– Viens voir, tout est mouillé en cabine!

Je n'ai pas fini ma phrase que Louise est déjà dans le carré, le regard aiguisé. Elle tâte les coussins, les retire, me fait replacer le bouquin où je l'ai pris.

– D'où vient cette maudite eau? dit-elle, fébrile.

Son regard scrute méthodiquement, ses doigts sont à l'affût.

– J'ai trouvé! annonce-t-elle finalement. Ça vient de là. Ouf!

– Pas possible... cette minuscule gouttelette sur le bord du panneau d'écoutille?

– À force de rouler et de gîter, une simple gouttelette finit par tout mouiller... Constate toi-même.

– Ah!... Mon pull est tout imbibé... mon papier à lettres aussi.

Louise colmate temporairement la fuite.

– Un autre petit job de plusieurs heures pour notre prochaine escale, soupire-t-elle.

Le lendemain matin, le temps est radieux. James avait raison. Un voilier croise notre route, filant vers une autre destination. Puis un gros ketch de 25 mètres, blanc et rutilant, nous rattrape et nous double. Au passage, l'équipage nous salue. Une brève causette par émetteur-transmetteur nous apprend qu'il vogue aussi vers les Bermudes. Très rapide, toutes voiles lancées vers le ciel, le ketch disparaît bientôt de notre champ de vision.

Cette journée-là, je fais une découverte renversante. La mer, cette habituelle cachottière, me révèle un de ses secrets. À la surface de l'eau s'étend, à perte de vue, une plaine verte et brune. On se fraye un chemin à travers des plantes flottantes, les sargasses, qui vivent, sans attaches, de lumière et d'eau salée. Je n'en reviens pas.

– On dirait un pâturage en pleine mer!

– Effectivement, c'est un garde-manger, dit Louise. Attrape ces espèces de raisins verts avec l'épuisette, tu verras...

J'en flanque quelques bouquets sur le pont. Ils dissimulent de minuscules crabes et crevettes et toutes sortes d'autres créatures vagabondes.

– C'est rempli de bébés thons, ajoute Louise. Si jamais on s'enlise, on pourra se mijoter une soupe pour ne pas mourir de faim!

Le jour suivant s'annonce aussi glorieux que le précédent, sauf que le vent menace de prendre congé. Même avec notre immense voile qui donne à Andiamo des airs de nouvelle mariée, nous n'avançons quasiment plus. Petit à petit, la mer devient d'huile. La lumière est aveuglante. James décide de déshabiller complètement Andiamo et d'installer l'auvent.

– Quelle chance! On va pique-niquer au beau milieu de l'Atlantique! De quoi faire rêver tout mon cégep...

Comme un Petit Poucet des mers, je lance des bouts de papier à l'eau sur tribord. Longtemps le papier reste visible près de la coque: nous ne bougeons décidément plus.

La température est montée à 34 °C. On cuit. Les mirages apparaissent: l'air brouillé par la chaleur construit des châteaux crénelés à l'horizon. À tour de rôle, on fait le guet ou on se retire en cabine pour lire ou dormir. On dirait qu'une chape de plomb s'est posée sur nous.

À la fin du jour, nous sommes presqu'au même point et absolument seuls au monde. Un calme suffoquant nous envahit. L'eau trop lisse respire langoureusement. Sur 360 degrés, le ciel trop bleu se ceinture de nuages.

– Il va se passer quelque chose, dit Louise. Ces nuages qui se disposent en cercle tout autour de nous me semblent bien étranges...

Quand la nuit s'abat, une sourde angoisse monte en moi. Au milieu du cercle de gros nuages sombres et menaçants, il ne reste qu'un petit morceau de ciel piqué d'étoiles.

Un spectacle infernal démarre, lancé par un coup de tonnerre suivi d'une pétarade assourdissante. Des éclairs s'allument et déchirent les nuages. Pendant que les décharges électriques s'intensifient, le tonnerre roule comme un tambour. Des douzaines de zébrures lumineuses se répandent dans le ciel. C'est hallucinant.

Les éclairs, comme des hallebardes, plongent dans la mer. James est estomaqué. Il en a vu bien d'autres, mais jamais rien d'aussi grandiose.

– Ma foi, il y a plus d'électricité ici qu'au barrage de la Manicouagan! s'exclame-t-il. De quoi éclairer tout le Québec!

Personne ne la trouve drôle. Le capitaine sort les paratonnerres.

– Tu les installes, alors? dit Louise avec une pointe d'inquiétude dans la voix.

– Je ne sais pas, je ne sais jamais quoi faire avec ces foutus orages. Qu'en penses-tu?

– Je ne sais pas non plus. Pourquoi risquer d'attirer la foudre? Notre mât, c'est ce qu'il y a de plus haut dans les parages...

Ils tergiversent et soupèsent les options. De toute évidence, ils ne savent pas laquelle adopter. Je suis effrayée, c'est vrai, mais en même temps fascinée. Les éclairs surgissent de partout, pointant leurs lances sur Andiamo. Un son et lumière dément.

Le ciel est complètement illuminé maintenant. C'est ahurissant. On y voit quasi comme en plein jour. Une lumière de film d'horreur enveloppe la silhouette du bateau et nos traits verdâtres.

Le feu d'artifice continue de plus belle. Pendant des heures et des heures, les épées de feu crèvent le ciel et s'enfoncent dans l'eau. C'est apeurant. Je surveille attentivement.

Mais à quoi bon surveiller? Il n'y a rien à faire et nulle part où aller se réfugier. Nous sommes à la merci des éléments.

Toute la nuit nous serons immobiles, vulnérables, tenus chaque instant en éveil par le tonnerre, les éclairs et l'incertitude. Pas une goutte de pluie ne tombe. Pas la moindre brise n'écourte le cauchemar. Cela ne finira-t-il donc jamais?

Je me rends compte que j'ai très envie d'avoir un avenir...

À l'aube, enfin, épuisés d'avoir tant regardé, tant attendu, nous accueillons le vent comme un sauveteur. À bord du voilier, la vie reprend tout de suite son cours comme si rien ne l'avait troublé.

Chapitre 8

Le mur de coton

Andiamo file de nouveau son petit bonhomme de chemin. Les bons jours suivent les mauvaises nuits, les belles nuits débouchent sur de mauvais jours. Depuis mon départ de Montréal, j'ai connu des brises câlines, des vents furieux, des ciels plombés, d'autres lumineux. James a raison, la mer n'est jamais pareille.

– Dis donc, capitaine, tu estimes notre arrivée pour quand ?

– Dans 48 heures. Probablement.

Le bateau est heureux en ce moment. Il galope sur la mer qui lui fait des bulles tout le long de la coque. Depuis une bonne heure, je barre pour le plaisir seulement.

Bien sûr, je pourrais installer le pilote automatique, mais cette sensation de gouverner est trop neuve et excitante pour m'en priver!

Pas de navires, pas de cargos nulle part. Nous n'avons jamais rattrapé le grand ketch.

– Vas-y, Andiamo, cours!

On doit faire du sept ou huit noeuds à l'heure, si j'en juge par l'eau qui tourbillonne derrière nous.

Soudain, le bateau ralentit.

– Merde! Le vent ne va pas encore nous lâcher?

Le bruit des voiles à demi dégonflées attire Louise, qui vient se poster à mes côtés.

– Ce n'est peut-être qu'un trou dans le vent?

Malheureusement, non. Le vent mollit, il n'y a pas de doute. Droit devant, sur 180 degrés, s'avance une grosse masse blanche. Ce n'est ni une banquise ni un iceberg. Le gros molleton blanc s'approche lentement, inexorablement, vers le nez du bateau. Pas moyen d'y échapper. Suspendu à ras d'eau, il monte très haut dans le ciel. Une heure plus tard, on entre dans cet immense banc de brouillard, où l'air épais est totalement silencieux. Je n'entends que ma respiration !

Comme c'est bizarre. On se croirait à l'intérieur d'une grosse meringue. La visibilité s'arrête à 15 mètres. En plus, la nuit va bientôt tomber. Une courbe noire se profile sur l'eau, un aileron, deux ailerons. Les requins font le tour du bateau et s'en vont. Puis, plus rien que le mur cotonneux et des volutes de vapeur de toutes parts. Nous voilà bloqués encore une fois. Je me sens toute perdue, coupée du monde.

Louise évalue la situation.

– Il n'y a rien à faire d'autre qu'attendre et surveiller de tous bords tous côtés.

– C'est déconcertant, le brouillard, hein ? Tu veux bien rester de garde, Annette ? James et moi restons habillés, prêts à intervenir si tu entends ou vois la moindre petite chose anormale.

– Bien sûr. Mais vous venez dès que j'appelle, promis ? Je ne suis pas plus brave qu'il ne faut, tu sais.

– Promis.

Comme un rouleau compresseur, une autre rafale de brouillard déferle sur le bateau. Rien nulle part que des spirales de vapeurs blanches. Je monte à mi-mât dans l'espoir de voir plus loin. En vain. Tout est enveloppé dans la nappe de brume. Quelle extraordinaire sensation cependant... J'ai l'impression de me trouver hors du temps, d'être nulle part, ou transportée au centre de la terre avec Jules Verne, dans le vaisseau du capitaine Nemo, ou sur la lune.

Soudain, je tressaille. Un son me parvient de cette masse laiteuse. Je n'ose pas bouger, mon anorak est trop bruyant. Ça y est, j'entends bel et bien un pout-pout. J'en suis sûre, absolument sûre.

– James ! Louise ! Venez, venez vite, j'entends un moteur !

Je relève la direction du bruit au compas, comme on me l'a appris.

– C'est un ronflement de moteur, écoutez ! Ça vient de là.

James ordonne de hisser toutes les voiles alors qu'il n'y a pas l'ombre d'une brise.

– Il faut tenter par tous les moyens de signaler notre présence, explique Louise. Éclaire les voiles avec la grosse lampe à piles.

J'ai compris que nous ne sommes plus maîtres de la situation. C'est la nuit, la mer, le brouillard, le pêcheur là-bas qui fonce sur nous sans le savoir, qui vont décider de notre sort. Le skipper donne un tour de clé au moteur. Il démarre sur le champ. Ouf! Tout de suite, James l'éteint. Nos oreilles se remettent à l'écoute.

Comme c'est menteur, le brouillard! On ne sait plus où l'on est, où l'on va, où le danger risque de surgir. En poupe, les yeux rivés au compas, James questionne inlassablement:

– Annette, entends-tu le moteur?

– Oui, James, sur tribord.

– Louise, d'où vient le bruit du moteur?

Louise fige, se concentre, écoute.

– De bâbord, James.

C'est l'impasse.

– J'entends un second moteur, dit-elle, effrayée.

Par moments, effectivement, un autre ronron se fait entendre. Louise descend en cabine, allume l'émetteur VHF et lance un appel à tous en donnant notre position. Une fois, deux fois, trois fois. Personne ne répond.

– C'est normal, dit James. Les pêcheurs sont affairés à remonter leurs filets. Ils n'entendent pas l'appel radio.

Louise m'apporte la corne de brume. Je la fais mugir aux quinze secondes. Ces appels lugubres demeurent sans écho.

James nous ordonne de revêtir nos vestes de sauvetage. Or, la mer n'a jamais été aussi calme, le vent si absent. Inutile pour lui de me détailler les dangers qui nous guettent. Mon imagination s'affole dans cette steppe ténébreuse qui engloutit tout.

Les moteurs dans le lointain s'arrêtent. Pendant trente longues minutes, rien ne bouge. Nous écoutons le silence. Je n'ose parler, ce serait rompre le pacte. Tous en fait, nous souhaitons ne rien entendre.

Tout à coup, un moteur bourdonne furieusement. L'anxiété est à son comble.

– Il est plus près de nous cette fois, dit Louise d'une voix contenue.

Je souffle de toutes mes forces dans la corne de brume. Le deuxième bateau s'est remis en marche aussi. Je l'entends distinctement.

– Nous sommes encerclés, dis-je à James.

– Chut...

Louise continue ses appels radio. Aucune réponse. Les bateaux se rapprochent, c'est clair. Toutes les lumières d'Andiamo sont allumées : la lanterne tempête, les feux tricolores, les feux de navigation, le réflecteur. Les faisceaux balaient le mur de coton blanc, qui ne fait, semble-t-il, que réfléchir la lumière.

Où donc est passée l'immensité de la mer ? Nous sommes pris dans un cocon de brouillard. Tout mon corps est maintenant couvert d'une moiteur étrange. Un goût salé sur mes lèvres me donne terriblement soif. En dedans, des souffrances enfouies remontent à la surface, en même temps qu'une furieuse envie de me libérer de cette prison.

Nous sommes affreusement seuls dans l'obscurité. Soudain, un cercle lumineux troue le barrage de brouillard. Le bateau de pêche fonce sur nous !

Je pousse un cri strident. James bondit comme une antilope sur le moteur. Instantanément, Andiamo démarre et vire à angle droit. Je hurle dans la corne de brume, tremblant de la tête aux pieds.

Le bateau de pêche passe juste à côté de nous, filant droit son chemin. Personne ne nous a vus. C'est incroyable.

À bord du voilier, la frayeur nous cloue sur place. James éteint le moteur. Chacun se demande d'où sortira l'autre bateau de pêche.

Unis dans la même attente, nous demeurons là des heures encore à tendre l'oreille, à épier l'obscurité, à maudire le brouillard, à redouter l'autre collision possible.

L'incertitude, infiniment longue, me laisse suspendue dans le temps. J'ai le sentiment que ma vie ne se mesure plus qu'une seconde à la fois et qu'elle est précieuse. Mes cinq sens sont en alerte. Je vois tout, j'entends tout. Mon coeur bat à se rompre. Je n'arrive plus à relaxer les muscles de mon cou trop tendu.

De plus en plus étrange. Dans nos positions de statues de sel, le temps, malgré nous, s'écoule. Ma peur sourde et violente commence à s'estomper. Comme c'est bizarre... on s'habitue même à la peur.

Petit à petit, je me calme. J'arrive à nouveau à penser, à espérer au-delà de la nuit. Si le jour peut se lever, il me semble que tout ira mieux. Comme si James m'avait entendue, il dit tout haut:

– Les nuits ont toujours une fin...

Le miracle tant attendu s'est enfin produit. Une lueur fadasse est apparue à l'est. J'allais assister à un combat féroce, à la lutte du soleil contre le brouillard. Je ne le voyais pas encore, ce soleil, mais je sentais qu'il était déjà sorti de l'océan, qu'il grimpait à toute vitesse vers son zénith. Toutes sortes de sensations grouillaient en moi. Des bouffées d'allégresse me gonflaient la poitrine.

Alors le soleil entêté s'est mis à déchirer de grands lambeaux de brume pour libérer notre passage. Je savais maintenant qu'il allait triompher.

Il a triomphé. Le rideau qui masquait la route a disparu. Tout nous est apparu net, clair, limpide. Pas l'ombre d'un bateau de pêche aux alentours...

Bermudes

p. 14

J'arrive à la fin de cette longue, longue lettre, ma belle Isa. Tu comprendras que ce dernier jour en mer, après l'évanouissement miraculeux du brouillard, James, Louise et moi étions confiants de rentrer au port dans les 24 heures qui suivraient. Je crois que jamais on ne saura où est passé ce deuxième bateau de pêche qui nous a si longtemps tenus en haleine.

Pour nous, le voyage se terminait dans la joie. D'autres n'ont pas eu cette chance. Le gros ketch qui nous a doublés en pleine mer a péri, corps et biens. Un seul survivant a été repêché. À la capitainerie, on nous a raconté son histoire. Le grand ketch voguait par beau temps toutes voiles dehors avec les hublots ouverts quand une bourrasque imprévue l'a couché sur son flanc. L'eau s'est engouffrée par les ouvertures. Le bateau ne s'est jamais relevé. Il a coulé. Ça me donne à réfléchir

Ma décision est prise, Isabelle. Je rentre bientôt à Montréal. Je vais débarquer à terre pour rembarquer dans ma vie.

Non, je n'ai pas oublié Mathieu, je ne l'oublierai jamais. Il fait partie de moi pour toujours. Tu m'as beaucoup aidée, Isabelle. Le savais-tu ? Tu m'as aidée à faire le deuil de

Mathieu en me forçant à assister à son enterre-
ment. Tu avais raison, mes parents aussi. J'ai
mis tout ce temps à comprendre, avec l'aide de
Louise et de James. Je ne te cache pas (j'ai tant
de choses à te raconter) que la mer m'a, disons,
donné quelques bonnes leçons.

Tu sais, j'ai hâte de vous revoir tous. En
même temps je suis vraiment triste de quitter
James, Louise, Marquesa et ce cher Andiamo.
Le choix a été très dur. Je ne pourrai pas
ramener Marquesa, elle est devenue chat-de-
garde du bateau.

Je rentre, mais crois-moi, je ne quitte pas
l'aventure. Je rentre pour mieux repartir une
autre fois. Avec toi si tu veux. J'ai des plans
plein la tête. Je t'appelle dès que j'ai ma réser-
vation d'avion. Tu viendras me chercher à
l'aéroport ?

Je t'embrasse. À bientôt.

Annette

P.S. Et si, un jour, on s'achetait un bateau,
toi et moi ?

Lexique

ABYSSE : fosse sous-marine profonde et obscure.

ANATIFE : crustacé marin qui se fixe à la carène des navires.

ARAGUANEY : arbre national du Vénézuéla à fleurs jaunes ; il perd ses feuilles en mai.

AUSSIÈRE : gros cordage ou cable rond, tressé, qui sert à amarrer ou remorquer.

BÂBORD : côté gauche d'un navire quand on tourne le dos à la poupe.

BONITO : sorte de petit thon.

CARÈNE : partie immergée de la coque.

CARRÉ : dans un bateau, la pièce commune (genre petit salon, avec banquettes et table).

CÉPHALOPODES : mollusques porteurs de ventouses comme la pieuvre, la seiche, le calmar.

COCKPIT : renfoncement à l'arrière de certains yachts où se trouvent la roue et le compas. C'est là que se tient le barreur.

COQUE : la carcasse d'un navire, considérée indépendamment du gréement et de la mâture.

CORO-CORO : poisson de consommation courante à chair blanche et délicate.

DINGHY : canot pneumatique (utilisé pour faire la navette entre le voilier et la rive).

ÉCOUTILLE : ouverture pratiquée dans le pont d'un bateau pour permettre de descendre à l'intérieur.

DÉFERLANTE : vague, souvent haute, dont la partie supérieure casse et s'effondre brutalement.

DÉRIVE : déviation d'un navire de sa route sous l'effet du vent. Au figuré, aller à la dérive : n'être plus guidé, être emporté au gré des événements.

DRISSE : cordage servant à hisser une voile.

ENCALMINÉ : se dit d'un voilier immobilisé par l'absence de vent.

ÉTRAVE : la pièce (de bois, d'acier ou de plastique) qui fend l'eau, qui forme la proue.

FASEYER : mouvement d'une voile dégonflée, inefficace, qui flotte dans le vent comme un drapeau.

FILIÈRE : cordage tendu horizontalement pour servir de garde-fou sur le pont. Elle réduit le danger de tomber à l'eau.

FORCE 8 : échelle (allant de 0 à 12) proposée par l'amiral Beaufort en 1806 pour mesurer la force du vent. Un vent de force 8 souffle à une vitesse de 62 à 74 km/h, assez fort pour casser des branches d'arbre.

FRAÎCHIR : en parlant du vent, augmenter en force. Le vent fraîchit : il augmente.

GÎTE : inclinaison d'un bateau sous l'influence du vent. Gîter : pencher d'un côté.

KETCH : bateau à voiles à deux mâts.

MER DES SARGASSES : partie de l'Atlantique-Nord située au nord-est des Antilles.

MOLLIR : perdre sa force. Le vent mollit : il devient moins violent.

MONOCOQUE : voilier ne comportant qu'une coque par opposition à catamaran (2 coques) et trimaran (3 coques parallèles).

MOUILLAGE : lieu favorable pour jeter l'ancre, pour s'arrêter.

MOUILLER L'ANCRE: la laisser tomber à la mer et filer la longueur de chaîne nécessaire à la bonne tenue du bateau.

PALÉTUVIER : arbre qui pousse sur les rivages des mers tropicales. Il se soutient dans la vase par d'innombrables racines aériennes.

PLANCTON : ensemble des minuscules êtres vivants qui vivent en suspension dans l'eau de mer.

POISSON VOLANT (ou exocet): poisson qui échappe à ses prédateurs en sautant hors de l'eau. Il plane à la surface des mers chaudes à l'aide de ses ailes pectorales.

POUPE : partie arrière d'un bateau.

PROUE : partie avant d'un bateau.

QUILLE : partie inférieure de la coque d'un navire.

S'AMARINER : s'habituer à la mer.

SARGASSE : algue brune de forme très particulière qui flotte à la surface de la mer des Sargasses.

SKIPPER : le commandant d'un yacht de course-croisière.

SLOOP : bateau à voiles à un mât.

TAQUET : sur un bateau, sorte de crochet servant à amarrer les cordages.

TRIBORD : côté droit d'un navire quand on tourne le dos à la poupe.

Table des matières

Achevé d'imprimer
en avril 1998
sur les presses de
Imprimerie H.L.N.

Imprimé au Canada – Printed in Canada